LOS CUENTOS ABSURREALISTAS

(Absurdos y Surrealistas)

ExLibric

DANIEL SÁNCHEZ CENTELLAS

LOS CUENTOS
ABSURREALISTAS

(Absurdos y Surrealistas)

EXLIBRIC

ANTEQUERA 2017

DANIEL SÁNCHEZ CENTELLAS

LOS CUENTOS
ABSURREALISTAS

(Absurdos y Surrealistas)

Índice

La extraña historia de
un retrotelépata

Todo empezó el día en que ella lo supo. No sé cómo lo hizo, pero acertó de pleno: había tenido una aventura. Llevábamos varios días, o quizás semanas, de vida insípida y anodina en la que su exceso de trabajo y mis viajes continuos nos habían hecho algo extraños el uno al otro.

Pero un día se plantó delante de mí, y con su mirada directa e inquisitiva, apoyada en el mueble-armario que tanto nos costó decidir y comprar, en una actitud de obvia acusación, con los brazos cruzados, pude ver la pregunta clara y simple en sus ojos "¿tienes algo que contarme?".

Eso me acusó con certeza, y yo me delaté sin remedio a lo largo de un tenso diálogo que hasta el día de hoy me persigue, me martillea, y me causa una enorme vergüenza, por lo cual no pienso relatarlo. ¿Para qué? No quiero sufrir gratuitamente nunca más por ese terrible momento que fue para mí.

En efecto, sí, había tenido esa aventura, fue un momento esporádico en el que una mujer me puso en bandeja todas las fantasías que a veces se me habían pasado por la cabeza. Pero a pesar de lo cínico que le pudiera parecer a ella, o a cualquiera que me escuche, lo llegó a saber directamente de mí porque la quiero, y por eso me es y me fue imposible ocultarle nada por más tiempo o, en todo caso, esquivarla durante todas esas semanas sin resultarle transparente como el cristal. Una evasión continua no podía suponer desde ningún punto de vista un plan viable para ocultarle nada.

Su mirada rasgadora podía conmigo, y sin remedio me revelaba mi yo más profundo. Mis argumentos rogando el perdón no sirvieron de nada. Lo nuestro se perdió, y recordando sus palabras y cómo quedamos, pensé que sería para siempre. Tampoco tengo muchas ganas de volverlas a relatar, a explicar a nadie, ni a mis más íntimos amigos, cómo fue exactamente, qué me dijo palabra a palabra. Saben que estoy sufriendo como un imbécil, como creo que merezco. A veces, en esa penosa y bochornosa escena, recuerdo de nuevo con especial atención aquel mueble-armario que significaba tanto, no solo como un gasto que compartimos, sino un preciado objeto que pudo darle una alegría por poder ordenar definitiva y felizmente todos sus libros. Se trataba de un tremendo armatoste que me costó sangre, sudor y lágrimas montar, literalmente, y que además debía cuidar y arreglar de mis patochadas sobre él. Ahora ya no lo podía ver, ahora no podía ser el crisol de nuestra relación, por las marcas y arañazos que tenía, por los libros regalados el uno al otro o por lo resistente que resultaba a nuestros empujes cuando... no, no quiero recordar más, me resulta doloroso. Qué estupidez más grande eso de darse cuenta de lo mucho que se valora un amor cuando ya se ha extinguido, algo por otra parte tan frecuente.

En fin, seguí a trancas y barrancas, encontrando la salvación en la rutina, en mi trabajo, en vicios baratos como los juegos *online*, y en olvidarme de quién había sido durante esos seis años. A pesar de todo eso, siempre pienso que... fui cuidadoso, pensé que ella no podía llegar a saber nada, era prácticamente imposible, y esa sórdida aventura no podía ser más que algo esporádico. Desde un principio pensé positivamente que saberlo solo podría hacerle daño y por eso lo oculté. ¿Vergonzoso?, ¿cínico? Lo que queráis, pero pasó, se supo, y lo estoy pagando. Lo peor de todo es que, según me cuentan amigos comunes y familiares, ella también. Aún me pregunto cómo lo descubrió, y las innumerables sospechas sobre cómo pudo ser capaz de saberlo a pesar de cualquier ínfima pista borrada fueron el inicio de la paranoia, convertida en certeza para mí, que luego me sobrevendría y sería lo que realmente deseo relatar: que mi mente podía ser perfectamente leída por cualquiera.

Fue entonces, tras la ruptura, seguramente por el estado de profunda depresión en el que quedé, cuando empezaron a sucederse los sueños que encajaban con la realidad. Mi médico de cabecera y mis amigos me comentaban que eso no era de extrañar si tenía por costumbre, ya desde que era pequeño, soñar unos sueños ordinarios y realistas, pero, ¡qué casualidades tan curiosas se daban!

Finalmente la depresión y el estrés en mi trabajo me llevaron a un estado mental en el que creía firmemente que mi pensamiento era leído por todos. ¿Cómo se iba a explicar, si no, lo que supo ella? ¿Y que la esporádica amante supiese mis debilidades más íntimas? ¿No era ese sin duda el mismo motivo para el cumplimiento de mis sueños, o más bien de mis pesadillas? No veía otra explicación.

De hecho, en varias ocasiones empecé a notar que algo raro pasaba en mi relación con los demás, pero la primera vez que hablé con mi amigo Alfredo tras mi ruptura, fue la ocasión más paradigmática de lo que me sucedía y me iría sucediendo en los próximos dos años. La cosa fue más o menos así, estábamos preparando el equipaje para una excursión, y me dijo:

—Sigues pensando en ella, en Yolanda.

Yo no había hecho ni una sola referencia a ella, y me quedé entre sorprendido y molesto. Íbamos a pasar una jornada de espeleología, una afición que Yolanda para nada compartía conmigo, y ni durante toda la mañana, ni durante el desayuno, ni mientras revisábamos el equipo había aparecido en la conversación. De acuerdo, era una pregunta previsible y, en efecto, no podía dejar de pensar intensamente en ella. Sin embargo, le contesté con evasivas:

—Yo estoy hoy por lo que tengo que estar. En un par de horas estamos en la entrada a la sima.

—Bueno, no hace falta que te pongas así. Pero sé que haces estas actividades por intentar pasar mejor el tiempo y en fin, para no sufrir. No hace falta ser un lince para darse cuenta de eso.

Me irritó que acertase tan de pleno en toda mi filosofía de vida durante ese último año. Yo seguía hablando con cierto matiz borde:

—No sabía que mi cabeza fuese transparente para que me veas los pensamientos.

—Es así, Carlos, lo es. Quizás es por eso que todos los amigos te queremos cuidar. En realidad todo el mundo conoce tus intenciones. Pobrecillo.

Permanecí un momento parado, pensando qué contestarle o cómo quedarme, si enfadado, si tomármelo en broma, si tal... pero no hizo falta pensar más alternativas, él me había leído exactamente, y en ese preciso momento, mientras yo seguía inmóvil y silencioso en esa sucesión de pensamientos, me apuntó:

—Carlos, amigo, por cómo te veo, te digo que si tienes que escoger entre enfadarte conmigo o reírte, de verdad, empieza por tomártelo todo más a guasa, es más sano.

Contesté un lacónico "vale", con más perplejidad que enfado o cualquier otra cosa. El colmo fue cuando, al meternos en el coche y antes de darle al contacto, me dijo:

—¿Qué te ha sorprendido? ¿Que sepa lo que piensas? Pero, Carlos, eres bastante predecible. Ya sé que ahora me dirás que nos concentremos en la espeleología.

No dije nada más. Estaba furioso, casi no podía hablar porque estaba suponiendo que sabría todo lo que pensaba en cada segundo. Cómo no, Alfredo había acertado. Me lo quedé mirando fijamente y pensé "no me digas una palabra más hasta que lleguemos al lugar", y fue exactamente así, no me dijo una sola palabra más.

Empecé a espantarme un poco. Lo más preocupante es que me volvía a pasar con más gente. Algunos me decían que era porque estaba en una época de pensamiento lineal y obsesivo, por eso se me veía venir siempre, aparte de lo sincero y transparente que he sido toda mi vida. Bueno, esos eran sus argumentos, pero yo empezaba a ver claro que lo que decían y mis pensamientos, incluso con antelación, coincidían pasmosamente.

Finalmente no podía llegar a otra conclusión forzosa más que en realidad todos debían de saber lo que pensaba. Por esa razón, y con el fin de evitar una creciente paranoia que se estaba instalando en mi psique, decidí no frecuentar a mis amigos durante un largo tiempo. Como si me leyesen la mente, todos me comprendieron, o como mínimo me dijeron que ya se esperaban que fuese a hacer tal cosa. Desesperante.

Al menos me quedaba el trabajo, donde en realidad no tenía amigos. Convivía con todos dentro de una correcta cordialidad de formulismo, de conveniencia, pero al fin y al cabo nadie tenía la confianza, y yo mismo ponía las barreras para que hicieran cualquier apreciación personal o subjetiva. Además, si repetían que lo que hacía era lo que se esperaba de mí, no me sorprendería. Al contrario, me alegraría. De hecho, tal como estaba en esos momentos, si al menos iba sacando el trabajo, ya lo podría considerar un logro. Una aseveración de ese estilo, aunque pudiera parecer que me volvían a leer la mente, como mínimo podría entenderla como un cumplido. Lo que no podía evitar es que algunas veces cuchicheasen a escondidas de mí y de forma casual llegase a oírles. Fue así como en una ocasión pude escuchar como en susurros tras la puerta mal cerrada de un despacho que decían:

—Este tío se piensa que está en esta empresa como si fuese su casa.

Pude distinguir que era la voz ronca y madura de Arturo, jefe de logística.

—¿Se refiere a Carlos? ¿Verdad? —respondió un tercero, que no identifiqué pues a veces no era capaz de reparar en sus subalternos, ya que podían no durarle demasiado.

—¿De quién hablaría así, si no?

—Sí, y eso acaba siendo motivo de preocupación. En el estado en que se le ve, seguro que comete un error o varios, y nosotros estamos por debajo para sacar las castañas del fuego —argumentó así a su superior, poniéndose de su lado de una manera ampulosamente retórica.

—¿Qué vamos a hacer si no? No por él, sino por la empresa, que vivimos de ella. Aunque no es nuestro jefe, es un cargo superior en la línea de producción, su trabajo condiciona el nuestro.

—Tendríamos que hacer algo jefe —replicó servilmente el subalterno al señor Arturo.

—Mira, chico, lo que hay que hacer, al menos por una vez y como ya sabemos que la va a cagar, es estar prevenidos. Se trata de reducir las consecuencias y lo que nos pueda afectar, para luego enseñarle el estropicio al gerente. Y punto, no está bien que sus errores descansen en nuestro esfuerzo.

—¿Usted cree que tomará represalias, señor Arturo? —El tono era cada vez más sumiso en el pobre muchacho, que quería tener a bien a su superior.

—¿Carlos represalias? ¿Pero no habíamos quedado en que no es nuestro jefe? Además, no pertenece a ningún ala de la empresa, a ningún corrillo, ya sabes, va por libre y eso al final se paga porque en realidad no tiene apoyos. Espero que eso te sirva a ti de ejemplo en esta empresa o donde vayas a parar, siempre hay que asociarse. Con unos o con otros.

El empleado le contestó con un breve sonido nasal de dos notas, pero yo ya no quería oír más, y a hurtadillas me fui de allí aprovechando que mis suelas nunca suelen ser ruidosas, solo me faltaría eso.

De nuevo me antecedían a todo lo que podía llegar a pensar. Y es más, lo peor de todo: al final, como habían predicho esos dos, cometí errores de cierta envergadura. Curiosamente justo cuando estos dos intrigantes habían decidido no estar presentes, y cuando su trabajo había cambiado a otra línea para que mis errores no les afectasen demasiado.

Demasiadas coincidencias se sucedían en mi rutina diaria. Llegué a estar totalmente convencido de que la gente podía leer mi pensamiento. ¿Cómo era eso posible? Ocurría sin ni siquiera estar yo presente, por lo que no podía ser por mi expresión o mis gestos.

Por suerte no ocurrieron más desgracias en mi trabajo, aunque lo pasé muy mal, por supuesto. Ahora más que nunca necesitaba mis ingresos, y acabar en el paro hubiese supuesto una catástrofe. Creo que esa angustia mayor me ayudó en parte a olvidar esa paranoia *in crescendo* que me hacía tener la certeza de que todo el mundo me leía la mente.

Sin embargo, por mucho que yo pensase o hiciese otras cosas, esa maldita verdad me perseguía casi en cualquier parte que yo estuviese. Encontrarme con los vecinos me ocasionaba una zozobra indescriptible. Se me quedaban mirando perplejos, estupefactos. ¿Por qué? No hay que discurrir demasiado: podían saber lo que pensaba, quizás como un susurro en sus voces. No sabría decir cómo lo harían, pero las pruebas de que era así se me presentaban en cada instante de mi vida. Se podría llegar a pensar que yo sabía de antemano que muy probablemente la mayoría de mis vecinos intuían o sabían que estaba crujido en el alma por haber roto mi relación, y que el mismo morbo de esa gente por saber cómo lo llevaba "el pobre chico", podía ser el único motivo para que todo el mundo me mirase.

Pero eso, esa prolongación en el tiempo, ya era demasiado. Había pasado un poco más de un año, y la gente seguía mirándome, o incluso me miraba más y con más descaro.

El colmo, el remate de todo, era al coger el metro. Me perseguían las caras de la multitud que me escrutaba sin parar tanto en el andén como dentro de los vagones, con ojos de asombro, desorbitados, justo cuando aparecían en mi mente todos los remordimientos y mi cobardía. Esos hechos me resultaban prácticamente explícitos. Podían saber todos qué diablos tenía en mi sesera. Cada día sucedía así, era una de las pruebas más contundentes para llegar a esa conclusión.

El caso más reiterativo era el de una chica, de la que en principio no me percataba y que, al darme cuenta que hacía el mismo recorrido que yo, observé que se fijaba en mí hasta clavar su mirada ensoñadora en mi cara con un aire entre altivo y condescendiente, entre negligente y compasivo, acompañado con una leve sonrisa. Obviamente esa mirada y esa condescendencia no podía ser más que por mi estado anímico, que se captaba como si mi cráneo fuera de cristal en lugar de ser de hueso, músculo y piel.

La angustia que sufría era inaguantable. ¿Me leeríais alguno de vosotros? Entonces lo hubiese jurado. Es más, ahora que lo relato, sospecho que pensáis que estoy paranoico, que estáis flipando conmigo, que tengo un problema muy grande. ¿No es así? Apuesto lo que sea a que es así, que pensáis que estoy loco. ¡Sí, no lo neguéis! ¿A quién se le ocurre increpar a un lector? A un loco, ¡cómo no! Venga, vamos, confesadlo. ¡Sí, vosotros lectores y lectoras, los que estáis delante de este penoso relato! Sin dudarlo, pensáis que estoy loco. Por eso mismo, porque me juzgáis en mi paranoia, porque pocas veces habíais visto un caso así. ¡¡Estáis pensando lo mismo que yo!! ¿No es cierto? Entonces, irremisiblemente, ¡¡me habéis leído la mente!! ¿Qué más pruebas son necesarias? Sí, sí, es así. No lo podemos negar, ni yo, ni tú, lector o lectora. Ni tú en concreto, quien seas que leas estas líneas, que con el simple hecho de leer mis escritos consigues leerme el pensamiento, y eso que no he profundizado en mi vida, ni os he explicado mi rutina, solo ínfimos detalles. ¡No me vengáis con milongas de que la literatura refleja no sé qué, no me lo creo! Que nadie le lee la mente a Julio Verne o a Tolkien por leer sus novelas. Ni siquiera os he dicho cuál es mi trabajo, pero da igual, sabéis de antemano que, haga lo que haga, me sentiré amargado y eso, ¡es precisamente lo que pienso yo! ¡Vuelve a confirmarse que me estáis leyendo lo que pienso! ¡Leches!

Con un ahogado sollozo (ahogado, pequeño, que tampoco me iba a poner demasiado melodramático), sabía positivamente que no tenía escapatoria. Me demostraba objetivamente que tenía la virtud, por increíble que pudiera parecer, de poder ser leído telepáticamente por todo el mundo. Vendría a ser como una especie de mutante tipo X-Men, pero en lugar de poseer una característica que me elevara por encima de la especie humana, me ocurría al revés, tenía un carácter que la evolución deberá borrar mediante la selección natural, y por de pronto lo hacía inhibiendo mi capacidad de reproducción, pues con esta característica ninguna mujer querría acercárseme. ¿Creéis que exagero? Pues para muestra un botón: el ejemplo en mi quebrada relación y el tiempo que hacía que no se me acercaba más que la cajera del supermercado para darme el cambio de la compra.

Aunque la chica que me miraba con marcada y especial atención cada mañana, sin falta, era un enigma para mí. Podría andar sobre la treintena de edad, como tantas, y resultaba más tierna que bella, más fibrada que fuerte, más llenita que corpulenta, y esbelta en cierta medida si, como a veces hacía, se esforzaba en ponerse derecha. Era morena, de ojos pardos, completamente en la media de una española cualquiera. En realidad no debería ser así, no debería mirarme nadie en absoluto, porque en mi mente no había más que un pozo negro de miedo, desesperación y paranoia. Y menos ella, a la que seguramente, con un trabajo y un futuro, cualquier otra persona le resultaría mejor que yo como compañero o compañera. ¿Sería ella otro individuo mutante defectuoso de nuestra especie? Quizás debiéramos ser tratados como minusválidos, pero sí, lectores y lectoras, estáis en lo cierto: nos tomarían a cachondeo. ¿Lo veis? Me habéis vuelto a leer la mente. En cualquier caso, en ese estado en el que casi todo ya me daba igual, quise hacer un experimento, tras asegurarme a lo largo de un tiempo de que ella estaría en el mismo vagón sin falta, mirándome indefectiblemente.

Sí, lo estaba. Obviamente, ella también me debía leer la mente, eso es lo que habíamos establecido como teoría de partida, ¿verdad? Bien, pues para asegurarme de que mis conclusiones no fuesen meras impresiones, me dispuse un día a realizar el experimento para salir de dudas y descartar la única posibilidad de que no estuviese mirándome porque me leía la mente: que fuera miope, y que estuviese mirando al vacío y coincidiera su campo de visión con el lugar en el que yo me hallaba. El experimento fue así: escribí una serie de letras y números de manera clara y sencilla, me aproximé a ella, y amablemente le dije:

—Hola, disculpa. ¿Me podrías ayudar en una cosa?

Ella respondió muy dulcemente, con la acostumbrada amabilidad espontánea que algunas personas despliegan sin percatarse.

—Sí, claro. ¿De qué se trata? —Una mirada llena de sorpresa, una piel sonrojada, y esa dulzura exaltada me daban pistas de que yo tenía razón.

—¿Puedes leerme esto a esta distancia?

Ella respondió en cuanto me aparté con un papel escrito:

—A, equis, de minúscula, de minúscula, uve doble, guión bajo, cuarenta y tres, jota, jota, minúsculas las dos, o mayúscula y o mayúscula —dijo de esa manera la secuencia completa que había escrito—, ¿es que es un concurso o algo así?

—Más o menos. Y ahora esta otra a esta distancia.

Me situé unos pocos metros más lejos, aprovechando que no había demasiada gente, y le mostré otro papel con otra secuencia escrita en una tamaño normal de letra de imprenta. Aguzando un poco la vista, ella me recitó la secuencia:

—De mayúscula, hache minúscula, doscientos veinticuatro, i mayúscula, guión medio, te minúscula, cincuenta y ocho. ¿Lo he hecho bien?

—¡De maravilla, ves estupendamente! —le dije con una sonrisa, para que no perdiese el interés, mientras me percataba de que tenía una vista envidiable.

Me tomé una pequeña pausa en la que ella se me quedó mirando mientras algunas personas que nos rodeaban empezaban a observarnos como si se tratase de un espectáculo. Para no desembocar en un bochorno general, me acerqué a ella y le dije discretamente:

—Lo siguiente que debo decirte, si quieres saber el final de la prueba, será mejor que no te lo diga delante de todo el mundo.

—¡Ah, claro! Vaya plan. Es cierto, pues esperemos a bajar en mi parada, ¿no? —contestó, dándose cuenta de la situación y agarrando su bolso en un gesto como si buscase protección.

Parecía algo ingenua. Bueno, en realidad resultaba bastante ingenua. Pero no me quería aprovechar, yo solo quería llegar al final de mis conclusiones. Cuando bajamos en la misma estación, pues en efecto nuestro recorrido acababa en el mismo lugar para ir cada uno a dos empresas vecinas en la misma calle, le dije:

—Disculpa que esto no sea ningún premio. Te voy a contar por qué lo he hecho. Escucha: si tú miras cada mañana hacia donde estoy yo con esa mirada y, como acabo de comprobar, no eres miope, entonces es que me lees la mente. Sabes lo que pienso, ¿verdad?. —La pobre me miró contrita, y su expresión de compasión fue si acaso más acentuada, al responderme:

—Siento mucho si te he podido ofender. Sí, sí que miraba hacia ti.

Yo ya lo tenía claro, y con expresión exaltada y alzando la voz, no pude contenerme:

—¡Ajá! ¡Lo sabía, lo sabía! ¡Esta es la prueba irrefutable!

Reflexioné: sí, para mí lo era, como que la Tierra va dando giros sobre sí misma cada veinticuatro horas. La chica quiso excusarse con nuevos argumentos:

—Pero es que se te ve tan amargadito, y además eres buena persona. Ya he visto como unas tres veces que cedías el asiento mientras nadie lo hace.

—No me digas más —le dije con sequedad—, no me digas más, yo tampoco te quiero ofender, pero estoy seguro de que sabrás que estoy intentando recomponer mi vida. Bueno, en realidad todo el mundo lo sabe, y necesito calma. Y por eso mismo, necesito calma. —Me puse los dedos sobre los ojos cerrados intentando aliviar la tensión creciente.

Ella, inesperadamente, me tocó cálidamente el brazo. Abrí los ojos, y en efecto, estaba conmovido, pero sin decir nada, solo pensando "por muy bondadosa que seas, siento decirte que no podría interesarme por ti, ni siquiera como amigos, tal como me siento". Fue entonces cuando ella me dijo para mortificación mía:

—Comprendo cómo te sientes, sé que es mejor dejarte solo.

Y se fue, dejándome con una dulce sonrisa en sus labios.

Transcurrió el día gris y taciturno y no la volví a ver en el viaje de vuelta al coger el metro. Tampoco la busqué, pensé que quizás podría estar en otro vagón. ¡Qué más daba! Lo curioso fue que al día siguiente sí la vi, pero en esta ocasión miraba a otro hombre. Se me llenó la cabeza de interrogantes, pero dado que ya no me miraba tanto, podía descansar al menos de ella. Sin embargo, las miradas fugaces, sorprendidas y desorbitadas de los demás iban avisándome de que el fenómeno seguía ocurriendo. Estaba seguro de que al leer mi mente la gente quedaba seriamente espantada. Primero, por el hecho de poder leerle la mente a alguien, y segundo, por el horror de ver mis vicios, mis miserias, mis torpezas y mi depresión.

La solución más clara y obvia en aquel entonces fue ir a un psicólogo. Ya al principio de mi ruptura me recomendaron uno que no me pareció caro. No quise ir de entrada, pues pretendía salir de mi estado por mis propios medios, pero en ese momento quizás necesitaba una ayuda profesional.

Una tarde, tras haber pedido cita, fui para allí y me recibieron amablemente para hacerme esperar en las típicas salas zen finamente amuebladas. Y de súbito recibí un fuerte shock al ver salir por la puerta del especialista a... ¡la chica del metro! Sí, aquella que se apiadó de mí, aquella que soportó el test casero de miopía que le impuse. Pero salió como un vendaval, se marchó mirando simplemente al frente, y quizás la mano sobre mi boca y la espalda encorvada en actitud pensativa me debió desfigurar justo en el preciso momento que pasaba a mi lado. Apuesto a que no pudo reconocerme en esas circunstancias. No sería miope, pero parecía no prestar atención a lo que no tuviera justo enfrente de sus narices. Por suerte para mí fue así, pues en ese mismo momento me quedé helado, petrificado, quizás blanco, pues me vino un pensamiento un tanto retorcido y sombrío: que mi pensamiento pudiese ser una especie de atracción u "olor" para ciertas personas y que, de alguna manera, estas me persiguiesen incluso inconscientemente. Estaba en esas instantáneas tribulaciones cuando asomó desde la hoja de la puerta medio cuerpo del psicólogo. El hombre lucía melena bien cuidada con raya en medio y una barba perfilada casi con tiralíneas. Me recordaba a Richard Branson, el de Virgin.

—Pasa, Carlos, por favor. Bienvenido —me dijo sonriente, con un gesto suave de la mano con el que indicaba que entrase a la consulta.

—Gracias, doctor Gómez.

—¡Oh, no! Deja los formulismos. Además no soy doctor, nada más que licenciado en psicología.

Por un momento pensé que me había leído de nuevo la mente. No estaba seguro, porque yo sabía y pensaba en ese momento que un psicólogo no se le suele denominar con el título de doctor como llaman a los médicos, aunque estrictamente un doctor debería haber hecho un doctorado. Estaba en esas diatribas sobre los títulos cuando me dijo:

—Además, si fuera doctor, sería porque he hecho un doctorado. ¡Ja, ja!

Me espanté, pero decidí afrontar mi lastre, y cuando me senté tras su invitación a hacerlo, primero a petición suya, le relaté en líneas generales el transcurso de mi vida, y luego le relaté pormenorizadamente, incluso aportando anotaciones que yo traía, todo lo que yo ya os he contado. Sí, también soy un poco cómodo al no referir el diálogo que mantuve con el psicólogo, porque por otra parte, y sin duda, lo habréis leído en mi mente. Al finalizar, el psicólogo fue muy claro y directo:

—Carlos, no es posible que todo el mundo te lea la mente. Eso es una fantasía.

Me miró con una pausa profunda, con la mirada directa, y esta vez sentí algo de paz. Como yo seguía en silencio, optó por continuar:

—Tras escuchar tu vida anterior, veo con claridad que has sido una persona completamente normal, incluso modélica, por lo que llego a la conclusión de que esto ha sido consecuencia de un *shock*. Quizás tu moralidad en el fondo no estaba aceptando la infidelidad que cometiste con tu pareja y, muy probablemente, la ruptura ha acabado de traumarte hasta llevarte a ese estado de autoinculpación continua. Es simplemente un estado de autosugestión sin descanso que hay que atajar antes de que realmente te llegue a afectar más. ¿Duermes bien?

—Pues unas cinco o seis horas es lo que más duermo.

—Esa es una causa. Pero vamos a ir por partes, e iniciaremos un tratamiento. Antes de nada, lo más importante: debes pensar que muchas coincidencias que encuentras no son más que anticipaciones de tu mente a lo que los demás pueden pensar o decir.

En ese momento tuve que interrumpirle:

—Perdone, perdone, pero precisamente pensaba hace nada que para calmarme diría usted que esto coincide con anticipaciones de mi mente.

—Carlos, no te he leído la mente. No es así, ha sido una mera coincidencia. Si quieres, podemos hacer el juego de escoger figuras y ver si existe telepatía. ¿Sabes? Además, ¿para qué querría despistarte con una cosa que no es cierta si pretendo que vuelvas a la normalidad?

En la pausita que se tomó, yo mismo pensaba que lo que necesitaba eran pacientes satisfechos, para no tener ingresos estables con los que vivir y mantener su prestigiosa consulta con jardincito zen.

Él prosiguió así:

—No pretendo tener ingresos a costa de tener pacientes permanentes. La gente conmigo se debe curar y sentirse curada. Eso que... —No pudo acabar, porque lo interrumpí.

—Lo ha dicho, ha dicho lo que yo pensaba.

—¿Cómo?

—Me está demostrando que me lee —le contesté al borde de un ataque de ira.

— ¿Cómo puedo saber lo que piensas? Vamos a ver, calmémonos.

Se levantó y fue a buscar algo a otra habitación cuya puerta tenía a su izquierda, y que observé que debía ser trastera. Volvió con un mazo de cartas completo que barajó, luego me las dio a mí, y me dijo con una calma que contenía cierta zozobra:

—Ahora barájalas tú. Yo me voy a otra habitación. Una vez yo esté allí escoges la que quieras, y me llamas cuando decidas para que yo intente adivinar cuál has escogido. Sin que tengas nada en tu poder. Para más seguridad, me guardas el mazo barajado en este cajón. —Concluyó abriendo un cajón de su escritorio.

Escogí el ocho de bastos, y tras seguir las instrucciones que me refirió, el psicólogo falló en su predicción. Llegó a insistir hasta cuatro veces, fallando igualmente en cada una de ellas. Yo ya le paré al quinto intento:

—Eso no demuestra nada. Usted puede saber cuál es exactamente la que he cogido, e ir evitándola para hacerme creer que estoy equivocado.

El hombre se quedó paralizado, sin saber qué decir. Me miró, parecía que pensaba, que discurría una salida a esa situación. Pensé que por un momento no estaría fijándose en lo que yo pensaba, que no estaría viéndolo de hecho, sino ensimismado en su problema por tratar a un paciente tan enrevesado como yo. Por eso pude relajarme un poco, y me di cuenta de que estaba exhausto. Al cabo de algo más de un minuto, súbitamente me dijo en un tono bajo casi susurrante:

—De acuerdo, de acuerdo. Vamos a pensar eso, vamos a conceder que todos somos capaces de leerte la mente.

—Es que es así —apunté yo.

—Eso es. Entonces, si es así, ¿por qué crees que la gente te mira con espanto o sorpresa tal como me has comentado? Ya no voy a suponer siquiera que te miren así por la cara que tú precisamente les pones a ellos. Porque tú das por sentado que ni siquiera sin poner esa cara encuentras pruebas de que te están leyendo la mente.

En ese momento recordé a la chica del metro y tuve que comentárselo:

—¡Ah! Por cierto. Hay alguien que no me miraba así, fue en el metro, y descubrí directamente que también me leía la mente.

Precisamente, he aquí una cosa muy curiosa. ¡Es paciente suya! La que ha atendido antes.

—¡Qué coincidencia!

—Yo no veo la coincidencia. Creo que sabe dónde estoy, pero se habrá despistado al no ser capaz de verme en el último momento.

—A ver, Carlos, esa chica te miró en el metro, como dices, precisamente por un problema psicológico que acarrea, y por eso viene aquí. Ella es...

—Me importa poco lo que tenga, demuestre que no me leía la mente.

El psicólogo se mesó el cabello y respiró con cierta ansiedad, mientras estiraba su paciencia todo lo que podía. Entre susurros se dijo a sí mismo "este tío no se puede dar cuenta de que es la *microenamorada*". Yo le pregunté entonces:

—¿Qué dice, por favor?

—Nada, nada. Volvamos a lo nuestro.

Corrigió enseguida su anonadamiento, volviendo a prestarme total atención, y mostrando entonces una expresión menos ansiosa. Se volvió a sentar y me dijo:

—Bien, admito que todo el mundo te lee la mente. Sinceramente. Entonces, como pretendía decirte antes, lo que hay que hacer es buscar una solución para que puedas vivir con eso en paz.

—¿Sería eso posible? —le contesté con un tono y una expresión claramente de incrédulo.

—Por supuesto. Limpiando de miseria tu mente. Esa misma que espanta y repugna a la gente. ¿No era todo eso lo que me habías contado?

—Sí, claro, pero... —el psicólogo me interrumpió—, es más fácil eso que evitar que el resto de la población humana te lea la mente, y mucho más práctico y vital que ocultarse de todos y de todo. Esa última opción te acabaría destruyendo. ¿No lo ves así?

Yo asentí con un movimiento de cabeza, plenamente convencido de que podía ser en efecto así, y él prosiguió:

—Además, puedes aprender cosas nuevas, ¿verdad? Como cualquier ser humano, dime, ¿verdad que sí?

—Sí.

—Pues ya podemos empezar Carlos. Vas a reaprender, que es más sencillo que aprender de nuevo. Escucha mi plan...

Así fue como el psicólogo me pormenorizó un plan de crecimiento personal con muy distintos aspectos, que tendría como fin limpiar mis pensamientos y amueblar mi mente con las mismas ideas y deseos que me han acompañado siempre que había empezado algo con ilusión, o simplemente reencontrar las impresiones que alegraban mi infancia. Me convenció, me sentí identificado, porque al fin y al cabo de quien estaba hablando era de mí mismo, de una etapa de mi yo, de momentos que podía reproducir perfectamente. Tras explicarme su plan, me disponía a irme satisfecho cuando entonces me vino un pensamiento relámpago a la cabeza, y se lo dije:

—Disculpe, antes llegué a escucharle. ¿Por qué llamó a esa chica la *microenamorada*? Me ha llamado la atención ese término. ¿Qué significa?

Un poco azorado, el psicólogo me respondió:

—No puedo comentarte nada de ninguno de mis pacientes si no es pariente directo tuyo. Casi he supuesto que lo considerarías obvio, porque está en nuestro código deontológico. Tal como he visto por tu perfil, eres un hombre formado y con cultura. ¿Acaso no lo sabías?

Ahí me pilló y le dije:

—Tiene razón. Lo sabía y he querido sonsacárselo a sabiendas. Pero... si vuelvo a encontrar a esa mujer en el metro, yo quisiera saber qué es lo que padece, para prevenirme yo mismo, ¿comprende? No estoy diciendo que me vaya a pegar, pero existen otro tipo de agresiones o de juegos psicológicos más destructivos.

Me respondió tranquila y pausadamente el psicólogo:

—No tiene en sí nada agresivo. Tal y como tú eres, tal y como es tu forma de pensar, no debiera afectarte para nada lo que ella tenga. Si no me he llegado a equivocar, tu meta sería restablecer tu anterior relación, y cualquier tipo de relación nueva te retrotrae a la que has tenido y sufres. ¿No es así?

Tuve que admitir que era completamente cierto. La carga de mi relación con Yolanda era demasiado grande y el trauma demasiado profundo como para que pudiese empezar nada nuevo. Asentí, y el psicólogo fue de nuevo al grano, ya que en realidad se sentía más animado que yo en ese nuevo proyecto de curación psicológica.

Así, con su ayuda y con mi constancia desempolvé inocencias, lustré ilusiones y renové alegrías a la vez que empaqueté envidias y eché a la basura rencores y odios. No me percaté de que al hacer eso arrastré fuera de mí la depresión que llevaba adherida, y con ella mi estado paranoico, dándome cuenta de que todo aquello de la lectura de mi pensamiento había sido una figuración, un delirio. El proceso fue paulatino, gradual, pero era claro. Al cabo de un mes estaba encontrando pruebas, también esta vez irrefutables, de que era como cualquier persona normal, y de que mi mente no era transparente a los demás. Me preguntaba ahora cómo podía haber llegado a albergar semejantes ideas. En efecto, la gente me debía de mirar por la cara que traía, por la palidez y por el patetismo de mi cara. Sin embargo, ahora podía mirar a todos con una sonrisa que no se me borraría ya nunca más. Había aprendido, y eso me gustaba.

No obstante, me seguía encontrando a aquella chica, a la fugazmente llamada *microenamorada*, que de vez en cuando me dirigía alguna mirada. Pero, libre de paranoias, con la capacidad de observar ya sin ser atenazada por mis psicosis, pude darme cuenta de que también miraba a otros con el mismo encanto y dulzura. ¿Qué le pasaba a esa chica? En uno de los vaivenes de su mirada pude comprobar a quién miraba en concreto y cómo este le respondía con una sonrisa achispada y burlona. Cuando bajó en su parada, le seguí, a pesar de que no fuese la mía. Necesitaba preguntarle algo. En cuanto estuve a su altura, le toqué ligeramente el hombro, lo que le sobresaltó, pero al percatarse de que me dirigía a él con tranquilidad, relajó sus maneras. Le dije:

—Disculpa si te molesto. Pero tengo una pregunta que hacerte respecto a una chica que nos está mirando.

El hombre, que debía de ser de mi edad y aparentaba mucho más mundo y desparpajo que yo, me contestó rápidamente:

—¡Anda! ¡A ti también te mira la chalada esa! Lo hace con todo el mundo que le vena, no le eches cuentas, que no vale la pena. No es mala chica, pero si eres un poco panoli, te puede llegar a tomar el pelo.

Al tío se le veía con prisa, y en esencia ya me había contestado, por lo cual, para no tocarle más las pelotas, como él diría con toda seguridad, me despedí agradeciéndole la información. Su chupa de cuero, su expresión dura y sus modales quinquis, como por ejemplo su "¡a mandar, colega!" para despedirse, me daban cuenta de que esa chica no parecía tener un criterio coherente a la hora de decidir en quién se fijaba, y que realmente lo hacía en cortos períodos de tiempo sobre muy diferentes sujetos, como pude saber por otros a los que miraba. Sí, realmente parecía tener un problema, según se podía deducir de todo, por lo que haberla tomado en serio podría haber sido otro problema. Así debía ser la naturaleza de la llamada *microenamorada*, curiosa palabra para definirla.

En unas cuantas semanas más el psicólogo, el "no doctor Gómez", consideró que todo quedaba arreglado, y yo mismo lo sentía. Ahora soy un individuo normal. ¿Me consideraba yo antes así? Principalmente sí, pues solo me veía como una víctima de algo externo. ¡Qué extrañas son las psicosis!

Pero aún tengo mis dudas de si ella, mi siempre amada Yolanda, no me leyó realmente el pensamiento. Esta sospecha se volvió a reafirmar porque, justamente al acabar la limpieza de mi mente, entonces y solo entonces, ella reapareció en mi vida un día que me llamó simplemente para que volviera y empezásemos de nuevo. Así sería, yo volvería a su lado para que alojara para siempre su amor en esa azotea aseada y soleada que ahora era mi mente. Lo más seguro, lo más racional, era pensar que alguno de nuestros amigos comunes le hubiese dicho algo. Sin embargo, aún estoy intentando averiguar quién le pudo hablar de mí, y nadie me da una respuesta positiva. Para no volver a recaer, prefiero ya no preguntar a nadie más.

Después de todo lo sucedido, la duda que a veces me asalta es si yo hubiese realmente sido capaz de haber hecho esa limpieza sin haber pasado por todo ese infierno. ¿Es que es así como aprendemos siempre? Acabé esa etapa de mi vida escribiendo esa pregunta en el diario que ella me regaló por mi cumpleaños apoyado en una barra de un vagón del metro. No ocurrió nada espectacular, nadie me observaba, ni una horda de demonios me perseguía. Me sentía feliz, me sentía tranquilo. A veces los grandes cambios son así, sencillos e inadvertidos, sobre todo si dependen de nosotros.

FIN

De RMs, TQNIs y
otros estereotipos

Había una vez un país tan lejano en el tiempo, en el espacio y en la memoria, que jamás lo encontraríamos por mucho que buscásemos. Solo unos pocos hemos tenido la suerte, mala por cierto, de que se nos presentase en nuestra mente, suponemos los afectados que mediante una especie de memoria cósmica que atrae nuestro cerebro en forma de imaginación.

Dicho país estaba presidido, dependía y servía a una gran ciudad llamada Stereotipburgo, en la cual los seres eran extremos en su personalidad y características. Los esnobs lo eran hasta límites impensables, los amantes llegaban al delirio, los sibaritas eran en realidad pantagruélicos a la hora de deglutir líquido o sólido, los trabajadores consumaban obras propias de titanes, y los gandules se encontraban en el extremo diametralmente opuesto. Por supuesto, la ciudad era un estereotipo de todo lo imaginable llevado a su máxima expresión. De este modo, esa sociedad experimentaba momentos de gran opresión e iniquidad que desembocaban luego en períodos de revolución, razón, esperanza, y finalmente, aunque en escasas ocasiones, podía llegar a etapas de paz y prosperidad, y así en ciclos sucesivos. Los momentos de paz, de concordia y estabilidad parecían no casar con el carácter de ese pueblo, puesto que suponía cierto término medio que iba contra su naturaleza obsesivamente exagerada. O quizás, y de manera más probable, fuese que los villanos, los conspiradores y los codiciosos de poder, fueran de esa naturaleza, pero de forma tan desaforada que no tardasen lo más mínimo en volver a maquinar la destrucción de la paz. Tales desaprensivos, que no habían resultado muertos en una vorágine anterior (no importase por el motivo que fuera, pero siempre había vorágines), volvían de nuevo a la carga en sus intrigas, concediendo a la concordia solo un breve período de aparición.

Podemos contar más cosas sobre nuestros exagerados personajes y su sociedad, allende el espacio y el tiempo. Anécdotas como que en cada una de las diferentes épocas la ciudad cambiaba de nombre, llegándose a llamar San Stereotipus y Stereotipgrad, y pasando por nombres como el de Stereotipris. Pero dejamos a un lado esos detalles que, aunque nos dan pistas de lo exagerados y volubles que eran sus habitantes, tampoco son realmente imprescindibles para explicar nuestra historia. Lo más curioso de esta peculiar característica en este escenario de los estereotipos extremos, se plasmaba en la existencia en sus bibliotecas y universidades de compendios que versaban desde los razonamientos filosóficos más puros y humanos hasta las más horribles abyecciones de la razón, capaces de justificar exterminios, abusos e injusticias sin límite. Por ese motivo, por atesorar esa exacerbación en el pensamiento, aparecían de vez en cuando entre sus pensadores personajes que arrastraban a muchos ciudadanos a ejecutar un cambio drástico, e incluso violento, de su sociedad. Cosa por otra parte absolutamente necesaria en ocasiones en que necesitaban y buscaban un cambio social, pues se encontraban en un extremo estereotipado de la explotación, opresión e injusticia apuntalado en las leyes que favorecían a los extremadamente cínicos gobernantes, banqueros y propietarios de fábricas. Eran momentos en los que el dominio sobre el pueblo era tal, que el resultado de sus vidas bien pudiera ser exactamente el mismo que si estuviesen sometidos bajo una aplastante esclavitud, pero para más escarnio de los ciudadanos, sin poder vislumbrar ningún tipo de certeza en su futuro. Muchos de ellos veían morir a sus hijos por enfermedad y hambre, o caían ellos mismos enfermos y extenuados en su implícita condena a una vida tan fabril.

Este era el orden de las cosas en la época en la que explicamos esta historia, y fue entonces cuando, con enorme revuelo (como no podría ser de otra forma) apareció súbitamente a los ojos de la autoridad un periodista, un escritor que denunciaba los citados abusos a los conciudadanos. Aún a riesgo de sufrir marginación y pérdida de su medio de vida, persistía reiteradamente en esa filantrópica tarea. Este personaje se autodenominaba, y así era conocido por su círculo más allegado, como Quijotesco testarudo de nobles ideas. Durante un período considerable cristalizó en textos y discursos las aspiraciones de muchos conciudadanos, que sentían que despertaban súbitamente de su horroroso embruteci-miento (no podían despertar moderadamente, dada la naturaleza de esta historia). Por último, y para abreviar la manera en la que lo nombraban, tanto nosotros como los propios stereotipburgueses, le denominaremos TQNI.

Los mensajes y las consignas del TQNI tarde o temprano deberían desembocar en un proceso revolucionario, por lo que los poderes fácticos se mostraban tremendamente preocupados (ligeramente seguro que no). Sus ideas se iban propagando en pasquines y periódicos, o mediante mítines y conferencias.

Entre los que escuchaban al propio TQNI y a sus acólitos se hallaba un personaje anodino y anónimo, un verdadero superviviente desde su infancia de varias de las épocas convulsas de esa ciudad, que se había impregnado de las ideas e intenciones cargadas de justicia que reivindicaba el TQNI. Al acabar uno de los mítines de un discípulo del maestro TQNI, se acercó al conferenciante para expresar su voluntad de adherirse a la causa, y para interesarse sobre cómo poder hablar con el TQNI. No solo recibió respuesta, sino que además fue conducido hasta el cochambroso apartamento en el que el Testarudo quijotesco de nobles ideas escribía sin cesar, analizaba los periódicos día y noche, y celebraba reuniones, todo ello mientras se mantenía apenas con una frugal dieta de pan y legumbres. Para el recién llegado, nuevo adepto a la revolución, aquello se le presentó como un santuario de abnegación y altruismo. Por fin se hallaba ante alguien que hacía algo por los demás desinteresadamente. Se presentó emocionado, con su gorra de obrero en la mano, estrechando la mano del TQNI, que le miraba con una ancha sonrisa dibujada en su larga y desarreglada barba:

—Soy el señor Rata Miserable, compañero TQNI.

En efecto, así era aquel hombre, una rata miserable, pues su vida no había sido más que una estrategia para sobrevivir y rebuscar perdidamente entre la miseria hasta escalar a una mínima posición de encargado de sección en una fábrica, aliciente con el que pensaba atraer alguna pareja en su vida, ya que su aspecto ratonil, su greñudo cabello y su mirada huidiza y brillante no eran precisamente reclamos para las mujeres. Por eso, por el simple hecho de ostentar aunque fuera un carguito, podría considerársele como un buen partido, dejando en segundo plano su puntiaguda y peluda nariz, su pelo sucio y otras "maravillas" tanto de su aspecto, como de sus gestos y costumbres.

Pues bien, al trabar conocimiento mutuo, entre el trabajador Rata Miserable y el Intelectual noble quijotesco se estableció en seguida un rápido entendimiento. El señor Rata Miserable, al que a partir de ahora llamaremos RM, quería de hecho dejar de ser una "rata miserable", y no verse obligado a azuzar a sus compañeros, para que a su vez, sus superiores no le azuzasen tanto. Quería otro orden de cosas que no le obligase a dar las gracias continuamente, aunque le cargasen con las más embarazosas responsabilidades y los más humillantes encargos. El señor RM, acostumbrado a arañar, sisar, olisquear y rapiñar cualquier cosa de provecho para su vida, había hecho lo mismo con la cultura. Por eso, él sabía firmemente que había algo mejor que les había sido denegado a los "ratas miserables" como él a cambio de agotadoras y alienantes jornadas. El señor TQNI pudo entrever en las expresiones de RM y en su visible ilusión en el proyecto, que ese hombre, o lo que fuese, creía en él y deseaba cambiar.

En correspondencia con lo que recibía, y dado su carácter práctico y sus experiencias, el señor RM pudo apuntar consejos muy útiles al TQNI y a su círculo de ayudantes para el proceso que se llevaba a cabo. Inmediatamente fue acogido como uno más, y al poco tiempo se había convertido en uno de los brazos ejecutores de las ideas del TQNI. Sus medidas, a veces, como era típico en él, eran rastreras, crueles y deleznables desde un punto de vista ético. Pero el fin se conseguía. En una ocasión el TQNI, desembarazándose de sus montañas de documentos y hartazgos de teoría, se acercó al quehacer cotidiano de la revolución, y se pudo enterar de actos crueles llevados a cabo por el señor RM, por lo que se dirigió a él:

—¿Era necesario llevar a cabo esas acciones?

—Compañero TQNI, permíteme que, conociendo la práctica de las calles y el alma de nuestros enemigos, te comente que no podemos darles ninguna oportunidad. Aprovecharían para acabar con nosotros. Créeme.

—Bueno, de acuerdo. Pero espero que no nos tengamos que extender en esta práctica criminal que has tenido que utilizar.

—Compañero, ellos han cometido un crimen peor, sin motivo y con impunidad. Eso, creo, que nos justifica.

El TQNI, algo contrariado y turbado por las ejecuciones y amenazas que el señor RM había llevado acabo, no sabía qué responder más. Porque por otra parte sabía que, en efecto, los enemigos podían estar utilizando los mismos métodos, o peores. Finalmente, el TQNI se retiró a seguir con sus proyectos y razonamientos, consolándose con que sus fines eran justos, y con que eso les diferenciaba de sus enemigos, a pesar de los indeseables métodos del compañero RM.

Fue de este modo como llegó un momento en el que el mismo RM se encargaba de enrolar nuevos colaboradores que demostraban las mismas ansias de cambiar que él había demostrado, pero que al mismo tiempo mostraban una peligrosa similitud con él. Así entraron en la sociedad clandestina los compañeros Alimaña Incomensurable, Hiena Hedionda, Gusano Escurridizo, y otros de la misma calaña, que le eran de gran utilidad, pero al mismo tiempo entraban en conflicto con otros compañeros que habían ingresado en el movimiento voluntariamente con otro espíritu, como eran el señor Honorable Altruista, la compañera Paloma

Libertaria, el compañero Noble Corcel, o el teniente Halcón Vengador, uno de los pocos militares que se les había unido al no poder soportar las órdenes contra su propio pueblo.

La sociedad clandestina se iba haciendo más fuerte, y como era normal en la ciudad de Stereotipgrado, la decadencia del régimen era exageradamente virulenta. Eso facilitaría el levantamiento de la masa popular. Con todos esos ingredientes, la victoria de la revolución se preveía de una extensión prácticamente total.

Una huelga y otros actos reivindicativos provocarían una respuesta esperada por parte del estado opresivo. Aunque los más nobles esperaban que ese acto por sí mismo volcase la situación hacia el cambio de la manera más pacífica posible, los más prácticos y faltos de escrúpulos lo habían planificado como el cebo perfecto para que el estado sacase sus tropas para aplastar la rebelión, y así cayesen en la trampa que les habían tendido. Su punto de vista, por desgracia, resultó ser acertado, y resultó ser también el más realista, además de tremendamente avieso. Algo que demostró la propia práctica, ya que al final tuvo éxito.

Pero la guardia pretoriana del gobierno no iba a avenirse a razones, ni siquiera con manifestantes pacíficos. Por eso los compañeros maquiavélicos, los viles revolucionarios, daban por perdidos a esos pobres diablos, a sus compañeros revolucionarios extremadamente pacifistas, con la conclusión de que los sacrificarían en caso necesario. Con esas premisas, no habían tenido inconveniente en dinamitar, sin ningún cuidado ni escrúpulo, todas las aceras y calzadas por donde sabían que pasarían las fuerzas gubernamentales, sabedores de que al mismo tiempo caerían esos compañeros suyos, o simplemente inocentes que tendrían la desgracia o la valentía innecesaria de pasar por las calles.

La crueldad en Stereotipburgo era tan implacable como exagerado era el carácter de sus ciudadanos, y a pesar de las terribles y atroces bajas que se cobró la trampa, esta funcionó a la perfección. El compañero Rata Miserable pudo salvar parcialmente la revolución, previniendo a cientos de compañeros de permanecer en las calles de Stereotipburgo. Ellos serían los cuadros para el gobierno de TQNI. Suerte muy diferente correrían los pretorianos y la policía del gobierno, que tras haber sobrevivido a las detonaciones, cayeron en un fuego cruzado del que no quedaron ni prisioneros ni supervivientes.

Unos días más de escaramuzas y acciones de ocupación, por desgracia muy costosas en vidas, habían dado el triunfo a los oprimidos y a los lúcidos. Días durante los cuales TQNI había ido apareciendo para arengar a los milicianos, arriesgando su integridad para ir aquí y allá, pero sin intervenir directamente en los combates ni ver las ejecuciones. De este modo, permanecía aún en su nebulosa de teorías, grandes ideas y esperanzadoras visiones.

Mientras tanto, y muy a pesar de estos actos, el compañero RM se había enternecido al percatarse por fin del padecimiento de los débiles, de los desamparados, por querer encontrar un lugar bajo el sol, una existencia para la que no tuvieran que pedir permiso. Y él había participado en el logro de ese hito. La ternura fue mayor aún el día en que, entre aquellos que respiraban tranquilos porque podrían ganarse el pan dignamente, apareció una joven llamada Frágil Cenicienta. Por primera vez alguien le admiraba y se le aproximaba por todo cuanto había hecho. La revolución le había erigido por encima de su simple necesidad de sobrevivir, y le había llevado a alguien en su vida.

Sin embargo, las cosas no iban a quedar así. Siempre las ideas primigenias son traicionadas, los cambios tergiversados y las revoluciones pervertidas. Con la guardia baja debido al despertar de esa nueva dimensión de sentimientos con los que el señor RM intentaba dejar de ser tal cosa, no se percató de que sus compañeros más abyectos llevarían a cabo la contrarrevolución para la consecución de su propio provecho. No pudo darse cuenta de que la toma del poder por sí misma se convertía en un señuelo demasiado apetitoso para las mentes aún hambrientas de personajes como Hiena Hedionda o Alimaña Inconmensurable. Fue el TQNI quien, habiéndole requerido para informarle de la situación de la que no conocía detalles en su inopia, le puso en alerta sobre todos aquellos "compañeros". El TQNI intentaba hacer un comité para el gobierno y la educación del pueblo en la democracia, por lo que se interesó por conocer la opinión de Honorable Altruista:

—Fue de los primeros en caer, TQNI. Creía firmemente en la resolución pacífica, y estaba en primera línea en la huelga. A las primeras descargas de los pretorianos —le comentó RM.

—Vaya, pobre compañero, es una tragedia —interpeló el TQNI.

—Ya casi hace dos meses de eso —comentó RM sorprendido de la sorpresa del TQNI.

—¿Realmente? —respondió TQNI, y simplemente poniendo la mirada vacía, prosiguió—. Entonces contaremos con Noble Corcel.

—También ha caído, TQNI —replicó RM, a lo que TQNI propuso:

—¿Y Paloma Libertaria?

—Disiente por la marcha que está llevando la revolución, se ha separado del grupo —dijo RM.

—Vaya... entonces, ¿qué me dices del joven Caballeresco Advenedizo?

—No se sabe si por excesiva caballerosidad con el enemigo, o por ser tan advenedizo en la guerra, pero está hospitalizado después de haber sido gravemente herido por cuarta vez.

El TQNI, desolado por el poco sentido práctico de los más arrojados, hizo un pequeño silencio reflexivo, tras el que se dirigió a RM:

—Bueno, pues... ya sé que es un militar, pero tiene ética y sabe imponer disciplina, me refiero a...

RM le interrumpió:

—Si pensaba usted en Halcón Vengador, se ha ido a otro país, enardecido por nuestro éxito para exportar la revolución.

—¿Quién nos queda, entonces?

—Hiena Hedionda, Alimaña Inconmensurable, Mula de Carga, Gusano Escurridizo, Asno Incomparable, Buitre Insidioso, Rumiante Incansable, Mula Torda, y bueno, una joven de la que tengo especial confianza llamada Frágil Cenicienta...

—Pero no son los más preparados. No es la gente ideal para este proyecto.

—Son las personas por las que hemos luchado, incluyéndome a mí. Son gente del pueblo —respondió airado RM al TQNI.

Pero el TQNI le replicó en seguida:

—Algunos de ellos se han levantado para ocupar el lugar de los que los han oprimido. Ten cuidado, compañero. Yo sé que tú ya no eres el mismo, y por eso creo que debes tener precisamente aún más cuidado. Te haces vulnerable.

RM calló, preocupado, sabiendo cuánta razón tenía TQNI. Hasta que volvió a insistir con un hilillo de voz:

—Maestro, entonces, ¿por quién hemos luchado?

El pensador se había quedado sin respuesta, sin querer reconocer la más grave señal de su fracaso, pues había incidido en una lucha con un pueblo que no estaba preparado. Lo más seguro es que se hubiesen levantado porque, de esa manera tan exagerada y ya muy exasperados, tampoco hubieran sido capaces de soportar demasiado tiempo la tiranía que les oprimía, y del mismo modo exacerbado debían deshacerse de ella. Pero ¿concienciados?, ¿educados?, ¿con un crecimiento personal nuevo? En absoluto, sabía que de nuevo volverían a emerger los mismos estereotipos. Aunque vistiesen todos la misma ruda camisa militar sin cuello que les daba un aspecto igualitario, y en cierto modo fraternal, por dentro corrían ríos de inquina y alevosía. El TQNI había cometido un tremendo error (cómo no, no podía ser pequeño el error en esta historia) al inflamar a las masas no concienciadas, al darles motivos revolucionarios a sus almas vehementes e incluso sanguinarias. Eso no podía ser el cimiento para un nuevo mundo. Todo eso pensaba casi al borde del llanto mientras aguantaba el gesto, vuelto hacia la estantería de su desordenada biblioteca, y mostrando su silencio a su seguidor, lo cual era interpretado erróneamente por este como un reproche de su superior. Finalmente, recuperando cierta calma, convinieron que igualmente tenía que formar gobierno con los que eran, aquellos que quedaban tras la serie de eventos que los habían llevado al poder.

Esa decisión desencadenaría la desdicha para RM, que se vería envuelto en una lucha de poder a muerte en la que él se convertiría en el primer objetivo que debería ser derribado por cualquiera que intentase abordar el poder, mientras El TQNI, con su atención de nuevo asentada en sus teorías y en la farragosa redacción de leyes y edictos, desaprovecharía en aquella ocasión la posibilidad que le había comentado a su amigo. Él seguía siendo un hombre de teorías, quizás acertadas, pero que a menudo le alejaban de la realidad inmediata.

Al cabo de una semana se había convocado a todos los coordinadores supervivientes, a la patética lista de compañeros que habían ostentado tareas organizativas. Algunos de ellos ya habían asumido cargos, y para triste confirmación de las sospechas, estos habían sido responsables de abusos. La reunión no solo tenía como fin constituir los estatutos del nuevo estado, sino también purgar la revolución de sus parásitos. Pero esas medidas llegaban demasiado tarde.

El TQNI y RM se dirigían al Palacio presidencial, otrora lugar de especulaciones y ocio para los administradores del estado opresivo. Iban acompañados de dos oficiales de cierta confianza, que procederían a arrestar a los elementos ya confirmados como corruptos. Pero cuál fue su sorpresa cuando al llegar a la estancia de recepción fueron recibidos por la media docena de intrigantes acompañados por toda una sección de milicianos armados hasta los dientes, mientras Alimaña Inconmensurable (también conocido como AI) sacaba un documento del bolsillo de su guerrera que comenzó a leer en voz alta:

—Los representantes del pueblo de Stereotipburgo, barra, Stereotipgrad hemos decidido, por asamblea democrática, y con resultado de mayoría simple, detener las actividades del camarada Rata Miserable, y a cualquiera que le esté apoyando, por resultar a todas luces contrarrevolucionarias, sediciosas y antipopulares.

Se le acusa además de secuestrar a nuestro amado TQNI, para subyugarlo bajo su nefasta influencia. En resumen, es declarado enemigo del pueblo y de la revolución.

—¡Traición! —gritó RM.

AI se disponía a seguir leyendo el documento cuando, desde las balconadas de mármol del piso superior, apareció un grupo de compañeros liderados por Rumiante Incansable y acompañados de unos pocos milicianos, entre quienes, tras desplegarse en el arco de la balconada, se escuchó el grito acusador de su líder:

—¡Nosotros, la facción verde, te acusamos a ti, Alimaña Inconmensurable, de coaccionar y amañar los votos de esa presunta asamblea! ¡Depón tus fuerzas!

—¡Ah, felones! ¡Milicianos, prendedlos! —respondió AI con vana seguridad, mientras hacía un gesto con el dedo, señalando, para que sus seguidores entrasen en acción.

En ese preciso instante todas las fuerzas se apuntaron con sus armas, dispuestas todas las facciones a eliminarse a tres, cuatro o más bandas, e incluso el reducido grupo de RM y TQNI, que blandía sus escasos revólveres y porras. Sin embargo, por algún cálculo desconocido de la mente de Hiena Hedionda, este decidió apartar a sus milicianos, la mitad prácticamente del grupo inicial, de los de Alimaña, y con una risa ruidosa y aulladora espetó al pretendido líder:

—Alimaña, eres tú quien debería rendirse. Fíjate en cuánta gente se te pone en contra. Sinceramente...

Con una risa estúpida, y sin acabar la frase, disparó a su antiguo colega con un regocijo malsano. No había que buscar una lógica a nada de esto. Se habían vuelto todos locos, o ya lo estaban. El ansia de poder, la seguridad de tener a los demás por debajo de sus designios, había inducido a todos los líderes a percibir su realidad en un estado de borrachera en la que cada uno se creía elegido para la gloria de la patria, de esa revolución, de sus vidas, miserables al fin y al cabo. Por eso, el tiroteo y la carnicería estaban asegurados. El primero en no poder refrenarse fue Hiena Hedionda, que abrió fuego con su revólver varias veces. Tras haber acertado uno de los tiros en el hombro a AI, este a su vez respondió ordenando fuego sobre Hiena. Los milicianos estaban colapsados. Los de hacía un momento eran sus compañeros, y nadie se atrevía a nada. Pero los que estaban en la balconada, los de la facción verde, sí que se decidieron por diezmar a todos esos traidores a tiros. Hiena, no falto de recursos, guardaba una granada que lanzó a los de arriba, y finalmente se desató un infierno de tiros, culatazos, puñetazos y acuchillamientos al que se sumó la guardia permanente del palacio, que también se distribuyó por facciones.

Tras haberse acabado las municiones, la lucha continuó a puñetazos y patadas, y en medio de esa terrible melé, en el centro de la vorágine de golpes, Rata Miserable ya no se defendía, solo lloraba mientras su vida se le iba escapando entre las sangrantes heridas y el cruel aplastamiento de cuerpos que perecían o aún se afanaban en luchar por sobrevivir. Lloraba por lo que podía haber sido y no era, lloraba por no poder volver a ver a Frágil Cenicienta, lloraba porque se recordaba de niño, puro e inocente y cómo él, en realidad, no había nacido Rata Miserable.

Antes de llegar a este caos, el compañero Gusano Escurridizo, un personaje excepcionalmente preparado para la supervivencia, había lanzado una mirada cómplice al TQNI que este había captado. Parecía haber intuido semejante jaleo, y con su resuelta capacidad para escabullirse, agarró al TQNI de las solapas y se lo llevó de la matanza, para escaparse ambos por una salida a las alcantarillas.

—¿Por qué haces esto? —le preguntó el TQNI cuando por fin descansaron en la frescura de las cloacas de palacio, jadeando por la carrera emprendida en esa huida.

—Compañero TQNI, yo creo en ti. Como le pasaba al compañero Rata Miserable, yo quería dejar atrás mi miseria. Él y yo lo habíamos hablado muchas veces.

—¿Por qué no le has avisado?, ¿por qué lo has dejado allí? —gritó encolerizado el TQNI.

—Silencio, silencio. Por favor, hemos de sobrevivir.

El compañero Gusano agudizó su sensible oído para asegurarse de que nadie les seguía, y volvió a dirigirse al TQNI con un susurro claro y tranquilizador:

—Mi buen TQNI, el compañero Rata Miserable era ya demasiado notable para que no fuesen a por él. Cualquiera que estuviese a su lado lo llevaría como se lleva un trapo colorado delante de un toro, ya me entiendes.

—Eso no es muy correcto.

—Por otra parte, maestro, si me permites que te lo diga, esta situación podía darse con mucha facilidad, se puede decir que RM lo tenía asumido —respondió Gusano.

Gusano Escurridizo empleaba un tono rastrero que parecía denotar el uso de argumentos falsos, y el TQNI notaba una sospechosa viscosidad en las formas de proceder de aquel hombre. Sí, a pesar de todo era un hombre, pues así se comportan muchos de ellos, y siguen llevando ese nombre. Gusano Escurridizo tomó las riendas de la situación, planteándosela como una cuestión de su responsabilidad:

—Maestro, mi buen TQNI. Este mundo, que no es perfecto, ha conseguido avanzar un poco más gracias a tus ideas, es cierto. Pero ese avance, esas ideas, necesitan sacrificados, la práctica nos lo ha demostrado. ¿Acaso ibas a llevar tú solo la tarea de la revolución? ¿Es que piensas que los opresores iban a entrar en razón por nuestras simples demandas? ¿O crees que el hambre que muchos de nosotros sentíamos iba a aplacarse simplemente con la igualdad para todos? No, compañero, no iba a ser así. Quizás en la siguiente revolución, quizás en otro momento. Pero ahora, te lo pido por favor, vuelve a instruir a otros, que ese es tu poder más grande, eres un gran teórico. Además, permíteme un consejo desde mi punto de vista: si aún puedes ser el Testarudo quijotesco de nobles ideas es porque sigues vivo, sigue pues así, es por otra parte tu forma de vida.

Tras salir de las alcantarillas, y sin llamar la atención, el teórico volvió a su apartamento conmocionado, callado, pensativo, aleccionado, y de nuevo absorto en sus pensamientos. La vigilancia exhaustiva tanto de Gusano Escurridizo como de Avestruz Pusilánime y Gallina Huidiza consiguieron que no cometiera ninguna locura, y que no muriese de inanición por el muy preocupante estado depresivo en el que había caído el que pretendían que siguiera siendo líder espiritual.

Así pasó un mes, al cabo del cual llamaron a su puerta. Se trataba de un correo que le entregaba una carta del recién proclamado presidente Hiena Hedionda, con membrete de la ciudad-estado de Stereotipgrad. En dicha carta, en la que no faltaban finas alusiones a un perdón implícito por haber pertenecido a otra facción distinta a la del presidente, se le invitaba a acabar la redacción del borrador de los nuevos estatutos de la República, a la vez que se le prometía un cargo de profesor de Filosofía en la Universidad. Lo último que necesitaba Hiena Hedionda era un mártir cargado de razón, y además conocido por todo el pueblo. TQNI, sopesando ligeramente sus experiencias pasadas, aceptaría la tarea, el trato de deferencia y el cargo.

Así, una vez más el Testarudo quijotesco de nobles ideas tendría un nuevo púlpito desde el que lanzar sus ideas, un despacho más cómodo desde el que diseñar su filosofía, y una red más amplia en la que pescar otros sacrificados, otros "rata miserable", "noble corcel", o cualquier otro ciudadano que se esforzara por escapar de su estereotipo, por extraerse de su destino condicionado, de su papel forzoso, para empezar algún día a ser libre.

Sin embargo, como buen quijotesco, el TQNI pecó de ingenuo, tal como había hecho en muchas ocasiones anteriores durante todo el proceso revolucionario, y no se percató de que lo único que Hiena quería de él era una "bonita foto de familia" para su dictadura totalitaria. Le quería para que representase la validez de todo el proceso tortuoso y violento que le había llevado al poder.

En definitiva, TQNI debía ser la cara amable de los tiempos iniciales de la revolución, y de ninguna de las maneras un nuevo agitador. Tenía, pues, los días contados, y casi con total seguridad acabaría en un desierto helado, llevando a cabo trabajos forzados. ¿Es posible que en el campo de trabajo otro Rata Miserable le ayudase a materializar una nueva rebelión?

Al cabo de unos meses, la figura del TQNI fue presentada como la de un traidor a la revolución, agente de potencias extranjeras y enemigo del pueblo. Daría con sus huesos en las salas de tortura, y acabaría picando piedra en el inmenso y exagerado monumento de más de cuatrocientos metros de alto a Hiena Hedionda que se levantaría en los Montes Terminales. Allí, trabajando codo a codo con otros presos, conocería a la estirpe de los bacterianos, seres que siempre acababan reprimidos, sin importar quien fuese la tendencia o cuál el partido que tomase el poder, pues su destino indefectible era el de acabar siendo oprimidos. Entre ellos, un hombre casi insignificante, Bacilo Perviviente, le daría una lección, cuando un día, entre palada y palada, le dijo:

—Nos toca sobrevivir, compañero TQNI, esa es la última consigna, y el objetivo final. Solo así podremos seguir pensando y levantándonos en la siguiente generación. Si alguna vez tenemos que cambiar de forma para eso mismo, para pervivir, nosotros jamás perderemos el fondo, el alma de lo que somos y de lo que queremos. Cambiaremos tantas veces como haga falta para adaptarnos, pero siempre sabremos quiénes somos. Por eso te pregunto: ¿eres capaz de cambiar?

Pensativo, el TQNI se acabó respondiendo a sí mismo:

—Es cierto, debemos ser capaces de cambiar nosotros mismos. Si no, los cambios de nuestra sociedad serán inútiles.

Fue así cómo, mientras recibía el mensaje de esos humildes seres que pervivían, recordó a Rata Miserable y sus intentos para poder ser otra cosa. En su memoria quedó indeleble el recuerdo del momento en el que, justo antes de meterse en la alcantarilla, pudo contemplar su mirada suplicante y su llanto antes de expirar, y pudo inferir que se trataba del dolor por no haber podido desarrollar su verdadera esencia. Era todo muy extraño, cambiar y a la vez mantenerse en el fondo, pero era así.

Todos esos pensamientos le llevaron a una conclusión práctica: debía evadirse y pervivir, e imitar así a los bacterianos, que de forma pertinaz lo intentaban, permanecían, morían y lo volvían a intentar.

Su fuga se llevó a cabo tras grandes trabajos y preparaciones.

Pero lo que pasó después ya no os lo puedo contar, pues la imagen cósmica en mi imaginación se borra cada vez más. Las historias siempre siguen y todo fluye.

FIN

La evasión laboral

Otra vez se quedó dormido Peláez en el trabajo, pero dormido de verdad. No había quien lo pudiese despertar, e incluso la habitual gracia de reventarle una bolsa de plástico cerca del oído resultó infructuosa. Sin embargo, y sin saber cómo, cinco minutos antes de irnos se despertó entre espasmos, recogió los bártulos, se puso la chaqueta y se marchó a casa. Como si no hubiese pasado nada, como si hubiese sido un día normal cualquiera, y sin reparar siquiera en los que, alrededor de él, lo mirábamos pasmados.

El bueno de Peláez siempre se ganaba cobardes y mezquinos comentarios de algunos compañeros a causa de esas siestas, a pesar de que sabían que luego cumplía sobradamente con su deber. Entre otras cuestiones, poner verde a un compañero era el deporte óptimo para hacer pasar las horas más rápido, dado que nuestro trabajo no era, para nada, la ilusión de nuestras vidas. Quien trabaja en una asesoría financiera y no está muy mentalizado para una tarea así, exclusivamente dedicado a hacer dinero, normalmente se convertía en un amargado, como la mayoría de los que estábamos ahí. Porque, a decir verdad, cuando eres pequeño y estás llenito de ilusiones, y te preguntan "¿qué quieres ser de mayor?", a nadie se le ocurriría decir analista de finanzas, contable, y todas estas ocupaciones que nos hacen sentir más como terminales de un ordenador central que como personas de verdad.

A pesar de todo esto, Peláez no hacía gala de la seriedad que exhibíamos todos, síntoma inequívoco de la amargura vital que llevábamos en nuestras almas el resto de empleados. Por el contrario, ese hombre mostraba una sonrisa desde que entraba hasta que se iba. Pero no solo la mostraba, sino que parecía llevarla por dentro. Y aunque mantenía buenas relaciones con todos, era una especie de rara aversión la que nos impedía intimar con él. Seguramente que, o bien por su eficacia demostrada en el trabajo, o por esa conocida bonhomía, nadie lo delataba al director general por esas cabezadas espontáneas que se permitía, y que eran cada vez más prolongadas. Sin embargo, sabíamos que si seguía así, nos acabaría afectando. Así fue cómo al cabo de corto tiempo fui yo uno de los primeros afectados, pues un informe mío dependía de un balance de Peláez. Como dicho balance brilló por su ausencia, recibí una llamada del gerente:

—Martínez, haga el favor de pasar por mi despacho. Deje todo lo que esté haciendo.

—Ahora mismo, señor Ortuño —le respondí con diligencia.

Al cabo de un minuto ya estaba delante de su puerta. Entré en el despacho tras pedir permiso, y vi como siempre a nuestro gerente, Luis Ortuño, atareado mientras fumaba, pues para eso era jefe y se pasaba la normativa por el forro. Mientras leía unos informes murmuró un "pase", y de entre un montón de documentos me lanzó uno de ellos con desdén hacía la parte delantera de la mesa, al tiempo que me gruñía:

—¿Cree que se puede presentar esto a un cliente? Falta el informe de Peláez. ¿Es que no los revisa usted?

—Se lo pedí en una nota a Peláez, teniendo en cuenta que el paso final era el suyo. Pero no sé qué habrá pasado...

El hombre, ya visiblemente sánte exaltado, me dijo:

—Vamos a saber ahora qué es lo pasa aquí. ¡Sígame!

Avanzamos a paso forzado hasta el puesto de Peláez, quizás por alguna sospecha que ya tenía el gerente. Y para desgracia de mi compañero, nos lo encontramos profundamente dormido, en una posición de apoyo en el respaldo de su asiento. Peláez, tan poca cosa, tan delgado y con su vestimenta a la antigua, igual cada día, no respondía a los gritos del señor Ortuño, que finalmente me espetó:

—Este hombre ya está despedido.

Por suerte para Peláez, había un delegado sindical muy eficaz, cosa que parece inusitada en este ramo de empresas, llamado Miguel Sánchez, que apareció de repente, como un superhéroe de cómic, para hacer frente a un despido improcedente:

—Quisiera saber las circunstancias en las que decide usted echar a un empleado, conociéndose su sobrada eficacia.

—¿Pero es que no le parece esto suficiente motivo? —contestó el gerente señalando a Peláez en su sopor.

A lo cual, Miguel Sánchez respondió con ímpetu defensivo:

—¿Y si este hombre está sufriendo un desmayo? No se le puede echar así como así, como en realidad le gustaría hacer con la mitad de la plantilla.

—Por favor, ¿podemos ocuparnos de Peláez? —dije yo, alertándome por este, y al observarlo por encima, añadí—: este hombre está demasiado quieto.

Ortuño intentó reanimarle a bofetadas, a lo que el delegado sindical, dedo en alto, le advirtió:

—No se pase, ¿eh?

—Esto es demasiado. A ver si lo reanima usted con la hoja sindical, ¡pesado!

Tomé el pulso a Peláez. Siendo miembro de protección civil, los primeros auxilios no eran algo ajeno para mí, y tras mi examen concluí que habría que llamar a emergencias médicas. Al cabo de un rato se montó un tinglado médico de UCI acompañado del consiguiente revuelo de la planta, todos temerosos por la vida de Peláez, pues este tenía la respiración casi parada y el pulso indetectable. Lo desfibrilaron, sin resultados aparentes. Todo apuntaba a que se le escapaba la vida cuando de repente, cinco minutos antes del final de la jornada abrió los ojos, se incorporó ante el asombro del médico que ya lo iba a intubar, y se levantó como si nada le hubiese sucedido. Esta vez el humilde empleado sí se percató de lo que tenía montado a su alrededor, entre otras cosas porque le impedía el paso:

—¿Qué ocurre aquí? —dijo Peláez sorprendido.

El jefe, con gran sensibilidad, puntualizó:

—Pasa que no introdujo su balance en el informe de Martínez, —y le presentó el dossier incompleto, causa de la bronca.

El empleadillo lo cogió, y al revisarlo le contestó:

—No me explico cómo ha podido llegar el informe sin mi balance. Me quedaré a acabar este trabajo, sabe usted que en dos horas lo tendrá hecho y revisado.

—Bueno. Si lo tiene mañana por la mañana, ya estará bien —respondió Ortuño, rindiéndose a la buena voluntad de Peláez.

Mientras tanto, el equipo de emergencia insistía en llevarse a Peláez al hospital para tenerlo en observación, él reiteraba que se encontraba perfectamente, y Miguel Sánchez añadía:

—Lo que le ha pasado a este hombre puede ser una enfermedad laboral, insisto en que se le dé un día libre para pasarse por la mutua. Le deberían hacer un chequeo completo.

Ortuño le interrumpió antes de que presentara más exigencias:

—¡Vale, vale, de acuerdo! No me interesa tampoco a mí que a este hombre le den teleles en horas de trabajo —y dirigiéndose a Peláez le dijo—: pásese por personal y les dice que va a la mutua para hacerse una revisión.

—Lo que usted diga, señor Ortuño. No obstante, mañana a primerísima hora tendrá el dossier completo, encima de su mesa.

Ortuño le contestó con un indolente gesto de su cabeza que indignó al resto de empleados. Pero ya no queríamos meter más leña al fuego y dejamos que el abusón se fuera.

El jefe regresó a su despacho y pronto todo se disolvió como si nada. Sin embargo, el médico de urgencias habló con el médico de la empresa, como yo llegaría a enterarme más tarde en esta increíble historia. Precisamente, todo este asunto llegaría a tener más repercusión de la que los señores Ortuño, gerente, y García-Menéndez, director general, pudiesen imaginar, aunque tampoco podían imaginar mucho más allá de las finanzas y la bolsa. Sin embargo, como también supe mucho después, el revuelo hasta la cúpula de la empresa venía dado por una secreta y extraña admiración que tenían en Peláez, tanto por su trabajo como por sus capacidades vitales y que al parecer, envidiaban.

Semanas después de aquellos incidentes volvimos otra vez a las jornadas interminables y a las reuniones insoportables, lo que desencadenaría en Peláez otra de sus catarsis. Esta vez, tras recuperarse, iba a recibir bronca de Ortuño, pero Miguel, que se interpuso, la absorbió en su persona. Para mí la cosa empezaba a estar muy clara: el colapso narcótico le cogía a Peláez siempre que tenía sobrecarga de trabajo. Me acerqué a él mientras Miguel y el gerente batallaban embravecidos y le pregunté:

—Oye, Antonio, ¿qué te ocurre para que te vengan estos ataques? Bueno, ataques no es la palabra, es como si te quedases dormido, pero cuéntame.

A lo que Peláez recitó mirando hacia el suelo:

—No lo sé. Solo recuerdo lo que sueño mientras me quedo así. Soy incapaz de saber ni siquiera cómo llego a ese estado... ¿Cómo te diría?, ocurre sin previo aviso, completamente ajeno a mi voluntad, al menos consciente. ¿Me comprendes? —concluyó en su última frase, alzando la vista para mirarme con una sonrisa sincera y ajustarse las gafas.

Yo asentí, empatizando con él. Podía sentir la total sinceridad del compañero que no tenía necesidad alguna de mentirme, y ese instante de acercamiento me invitaba a romper mis barreras con Peláez, quien nunca había sido ni mal compañero ni un huraño, lo cual me empujó a que, al salir, le dijera:

—Oye, ven a tomar unas cañas con nosotros y hablamos de lo que te ocurre, si te parece.

—No me importaría hablar del tema, pero no tengo tiempo de ir al bar. Te lo agradezco, pero comprende que tengo una familia con la que prefiero estar.

Reflexioné brevemente sobre ese hombre, y deduje que debía de ser un buen padre, muy al contrario de lo que fue el mío. Solo por eso merecía una atención, por lo que por esa vez hice una excepción y avisé al resto de que no les acompañaba. Cuando vieron que me iba con Peláez, oí detrás de mí una serie de risotadas y comentarios que me hizo consciente del hatajo de insensibles con los que compartía mi día a día. Haciendo caso omiso, pues tampoco se trataba de jugar a ser un Quijote que defendiera el honor de Peláez, me alejé con él, ávido por saciar mi curiosidad mientras escuchaba sus historias oníricas. Así pues, empezó por la de ese día:

—Estoy en mi sueño, viviendo una experiencia en mi mente y sin ningún tipo de intermedio, cuando de repente me encuentro en la oficina. Por ejemplo, hoy soñaba que estaba pescando truchas en un río y me lo pasaba estupendamente. Ya sabes: el verde, el rumor del agua, la pesca, que a mí me relaja mucho, y así, sin intermedio, ¡zas!... aparezco en la oficina. Entonces, como me encuentro en las posiciones que me encuentro, es decir, medio tumbado o sentado y con la cabeza apoyada en la pared, deduzco que he estado dormido y, bueno, reacciono todo lo rápido que puedo.

—¡Qué suerte! Ojalá pudiese soñar yo así aunque fuese solo por las noches —le dije.

—Pues sí, porque son tan realistas esos sueños que es como si me fuese de vacaciones. Me despierto completamente renovado, y no exagero —añadió mi compañero, con aire divertido al recordar todo eso.

—Es posible que tenga que ver con el estrés. ¿No crees?

—No creo que me estrese jamás, mi ánimo no cambia, y nunca sudo ni me agobio en el trabajo. Pero, sin lugar a dudas, estamos llevando más trabajo de para el que realmente estamos preparados y pagados.

Me quedé sorprendido con la normalidad y el aplomo que lo decía, y casi parecía que sacaba una conclusión científica en vez de darme su opinión. Nos despedimos cerca de su casa. Me comentó que cada día hacía ese recorrido a pie y así, entre otras cosas, mantenía una salud de hierro en ese pequeño cuerpo. Aquel hombre me impresionaba por su modo de vida, por su tranquilidad, con tres hijos y una mujer que amaba como el primer día de enamorados, como pude observar al presentármela. Mientras yo estaba con quien estaba ya más por comodidad que por amor. O quizás no, pero eso es tema para otra historia.

Al día siguiente no hubo tanto trabajo, pero estuve prácticamente pendiente de Peláez toda la jornada. Estaba convencido de que había hecho un amigo, y me parecía que sería para siempre. No obstante, debía ocultar esa amistad ante el cinismo y la crueldad de los demás, algo que Peláez captó en seguida, y comprendió perfectamente ese forzado ocultamiento.

Próximos a las vacaciones de verano, las cosas se hacían como siempre se hacen en este país, deprisa y corriendo en el último momento, por lo que la saturación de trabajo fue más que evidente. Peláez, aunque seguía siendo el más eficiente de la empresa y persistía en su vital sonrisa, volvió a recaer en la narcosis espontánea y se fue a hacer sus vacaciones personales en la profundidad de su estado catatónico. Ortuño y García-Menéndez estaban, ellos sí, al borde del colapso, pues el tema empezaba trascender. Trascendía con los continuos comunicados del médico, trascendía con las amenazas del sindicato por parte de Miguel Sánchez, y trascendía en general a todo el personal, por lo que de alguna manera las empresas rivales también lo llegaban a saber. Por presiones crecientes decidieron realizar una revisión extraordinaria a todo el personal, no fuera un tipo de pandemia laboral o vaya usted a saber. Cuando me tocó el turno, me extrañó que no nos hubiesen hecho extracciones de sangre, por lo que pregunté al médico, a lo que este respondió:

—Tengo ya sus análisis de hace un mes, es más un... test... digamos psicológico.

El doctor Matías González era una persona concienzuda, con cierto espíritu investigador. Le pregunté si todo esto tenía que ver con Peláez, a lo que me respondió:

—Por supuesto. Ya me lo ha preguntado todo el mundo.

Decía así, mientras me inspeccionaba las pupilas. Al percatarme de que hacía anotaciones en una libreta aparte, decidí atajar por una pregunta sencilla, que suelen ser las más comprometidas:

—¿Han llegado ustedes a alguna conclusión ya?

El cruce de miradas hablaba sobre lo que ambos queríamos saber ambos.

—No es usted tonto. En efecto, hay otro, un psicólogo, que les hará un juego de pruebas. Creemos que hay razones para asociar lo que le pasa a Peláez a un tipo de personalidad.

—¿Le darán la baja? Se la merece —añadí, intentando transmitir énfasis y preocupación.

—Sí, sí. Recibirá la baja, pero que quede entre nosotros. Además, es usted el único de sus compañeros que se ha interesado por él.

Me miró pareciendo escrutar la fidelidad en mi ser para luego, volviendo a la frialdad acostumbrada en él, indicarme "haga el favor de pasar a la siguiente sala", como si no hubiese existido la complicidad de hacía unos segundos.

Días más tarde estaba esperando para una de tantas reuniones, y Mercedes Segura, la secretaria ejecutiva, me hizo entrar en la salita de espera donde debería aguardar ocioso en un espacio sofisticado y perfumado hasta la exasperación. Esas condiciones convertían la sala en el teatro ideal para ponerse nervioso y fijarse en cualquier cosa para pasar el rato. Fue por eso que afiné el oído al distinguir la voz del doctor González al otro lado, y así enterarme de todo lo que decían. Primero escuché lo que decía el médico:

—Mi consejo es que le den la baja. Al menos de manera preventiva. Supongo que a estas alturas ya se habrán convencido de que las crisis del señor Peláez son reales.

Ortuño contestó como siempre, como un perro de presa en cuanto se oían las palabras baja, vacaciones o descanso:

—Pero eso nos va a costar. Además, sentará precedente. Entonces, cualquier siesta podrá pasar por una catarsis, como usted dice.

A lo que el médico respondió:

—Precisamente. Si apartan a Peláez, conseguirán que el asunto se olvide y que ese delegado sindical no se les eche encima. Porque, déjenme que les diga, sabe lo que se hace. De todas maneras, también les quiero advertir que parece ser un mal creciente.

—Vaya, y... ¿a qué obedece? —se oyó preguntar a García-Menéndez, lo que me pareció llamativo viniendo de un hombre que no parecía considerarnos mucho.

El médico le respondió:

—Es una respuesta al estrés, pero solo aparece en un tipo de personalidad.

Tras un silencio vino una pregunta del Director General que me sorprendió completamente:

—¿Es cierto eso de que atraviesa en su estado sensaciones fantásticas? ¿Cómo le diría...?

El médico le interrumpió, completando la definición:

—Verdaderos viajes, Don Arturo. Tiene una vida interior y una capacidad para ser feliz que tanto a mí como al psicólogo nos ha sorprendido, y se puede decir que no miente en eso, como no lo hace casi nunca en nada.

Hubo como un minuto de silencio, y tras este se oyó una serie de despedidas de forzada cortesía. Habiendo oído levantarse a los reunidos, me senté con la rapidez de un rayo, y fingí estar leyendo una revista de la sala. El doctor González salió primero, no sin sorprenderse al verme:

—Estaba usted aquí. No le habíamos oído. Pero...¿usted a nosotros?

Contesté, intentando ser natural a la vez que mentía:

—Oír, lo que se dice oír, se oyen voces difusas, pero escuchar no se puede, ¿sabe?

—Ya, claro.

Y se fue brusca y ásperamente sin ni siquiera despedirse, cuando de súbito apareció en la puerta el señor Ortuño, quien me dijo también con sorpresa:

—Pero Martínez, ¿cuánto hace usted que estaba esperando?

—Permítame decirle, sin menoscabo alguno, que habíamos quedado hace diez minutos.

—Déjese de menoscabos, y pase.

Al entrar, el Director General me hizo una pregunta parecida, a la que le di una respuesta similar, aunque en un tono más político. La reunión transcurrió sin incidentes, y quedamos de acuerdo sobre el asunto tratado, pero con la sospecha ya sembrada sobre mí respecto a mi supuesto fisgoneo.

Al acabar la jornada volví a acompañar a Peláez a su casa mientras me hablaba de nuevo de sus fascinantes viajes, pero también me hablaba de su círculo de amigos, que con gran acierto había decidido que no fuesen los del trabajo. Yo sería la excepción, y esa misma tarde me lo demostraría:

—Si no tienes inconveniente, os invito a ti y a tu mujer a una barbacoa este fin de semana. Me van a dar la baja, y no te veré tan a menudo.

Accedí gustoso. Nos despedimos, y volví a casa con una alegría que me recordaba esos momentos de la infancia en que hacía nuevos amigos. Cuando llegué, Laura, mi mujer, notó un cambio positivo con respecto al acostumbrado hastío. En cuanto le expuse el ofrecimiento le pareció estupendo, aunque mostró alguna duda por lo raro que le había parecido aquel hombre cuando antes yo lo describía de otra manera.

Llegó el domingo, y fuimos a un lugar precioso limítrofe entre el campo y el bosque de la sierra. El cielo azul nos cubría por entero en una mañana fresca que se presentaba perfecta para sentir con más gozo el calor de la carne asada. La conversación con sus amigos resultó ser muy interesante, y pude descubrir que aquel hombre sabía de todo, escuchaba y dejaba hablar. Me sentía cómodo, y en cuanto me pude apartar a solas con él, le hice una pregunta que me iba rondando por la cabeza:

—Oye, ¿por qué no eres así en el trabajo?, serías realmente muy popular.

Peláez tuvo un amago de carcajada que casi le hizo caer sus gafas de pasta antes de contestarme:

—¿Para qué quiero ser popular en este trabajo, si lo que piden es eficacia? Además, si te fijas bien, si intentase ser popular entraría en conflicto con Marcos y Adela, ya sabes, los reyes de la fiesta. Y Marcos, aunque se vista de corbata, no es más que un bruto bastante primario. —Ante lo que no me quedaba más opción que asentir.

El lunes siguiente empecé el trabajo con mayor pesar y tristeza que de costumbre. Solo pensaba en que quería vivir otra vez ese domingo que me había hecho sentir una alegría más allá de la vacía marcha que el resto de compañeros buscaba cada fin de semana. Se podía decir que quería vivir como Peláez. A media mañana me llamó el director general a la sala de reuniones. Parecía que se reproducía el mismo protocolo de la última vez: me hacían esperar en el mismo sitio, y también se oían voces al otro lado de la pared, si bien no presté la atención de la anterior vez. En cuanto me hicieron pasar, me formularon una extraña pregunta:

—Por favor, díganos, ¿qué ha podido entender de lo que decíamos hace unos minutos?

—¿Cómo dice, señor Menéndez?

—Que nos diga, por favor, de qué hablábamos. Lo que ha oído a través de la pared. Le convendría ser sincero —añadió Ortuño, en un tono tranquilo pero amenazante.

—No pude escuchar nada en concreto, señores.

Ortuño entonces añadió:

—Si pudo hacerlo el otro día, hoy también lo habrá hecho. ¿Estuvo esperando el jueves solo diez minutos, o quizás más? ¿Qué escuchó usted aquel día? Responda.

—Esto es ridículo. Todo esto es irrelevante para el trabajo. No pienso responderles.

—De acuerdo. Sin embargo, se va a sentir usted muy acorralado cuando lleguemos al fondo de la verdad por nuestra cuenta porque, que lo sepa usted, tenemos control de todo lo que pasa en la empresa.

Los dos en silencio, con mirada depredadora, mostraban su lado más sombrío, y ante tal situación ya no me quedó otra opción que arrojarles un artefacto explosivo:

—Me están presionando. ¿Quieren que hable con Miguel Sánchez?

Sus rostros se sobresaltaron súbitamente al oír ese nombre como si les hubiese enseñado un bote con el virus del ébola, a lo que siguió una súbita moderación de su actitud, y con un tono casi cariñoso el director general me dijo:

—Vamos, muchacho, no se ponga así. No queremos despedirle. Tanto usted como Peláez hacen un trabajo estupendo, de lo mejor en la empresa.

Me quedé atónito al darme cuenta de cómo se había delatado la causa de todo este embrollo: Peláez, nada más. También me quedé bastante descorazonado ya que, si eso que decía era verdad, se revelaba que jamás nos habían reconocido a los dos por nuestro trabajo ni con comentarios, ni primas, ni nada. Entonces, harto de aguantar les dije:

—Si no me van a hablar de algo que respecte estrictamente al trabajo, les voy a pedir que me dejen volver a mi puesto.

Capitularon y me dejaron marchar. Pero les roía el alma tener en Peláez a alguien que fisiológicamente se les escapaba a su control laboral, a quien no podían despedir gracias a la protección de Miguel Sánchez y a la corrección profesional del doctor González. Pero lo peor de todo, les resultaba inconcebible que un asalariado de esa gris empresa fuera un ser humano feliz y con gran vida interior, cuando ellos no eran capaces ni de disfrutar plenamente sus vacaciones en las Bahamas porque ya no podían apreciar la vida en sí. Ese empleadillo les superaba, le envidiaban y querían saber cómo, de qué manera conseguía esa gracia. Esa fue la conclusión a la que llegué más tarde, tras construir un rompecabezas después de las preguntas insidiosas de Ortuño, y de varias charlas con Miguel y con mi compañero y amigo Peláez.

En fin, esa intriga y esos intentos de manipulación me parecieron una paranoia que no podía soportar por más tiempo. Por eso a los pocos días estaba entrevistándome en otras empresas para abandonar ese lugar, y en poco tiempo ya tenía otro contrato en otro ramo de las finanzas. Si llego a escribir un cuento de todo esto, no se lo cree ni Dios. Como se suele decir, la realidad supera a la ficción.

El día de mi despedida todos me agasajaron con una celebración, y al salir del edificio el último en despedirse fue Peláez, ya incorporado tras su baja. Me deseó mucha suerte y nos abrazamos. Entonces me di cuenta de que no teníamos que despedirnos así, y añadí:

—Pero, ¿no nos vamos a ver este fin de semana? Vamos, si te parece bien.

Asintió con un movimiento de cabeza mientras se le ponían los ojos vidriosos, por lo que, para evitar deshacerse en lágrimas, volvió al trabajo. Le seguí con la mirada, y pude ver con fastidio que le esperaban Menéndez-García y Ortuño. No debía hacer nada más, desaparecí de ese lugar llevándome mis cartas de recomendación. Supongo que además eran documentos por los cuales debía considerar no irme de la lengua jamás si quería conservar el siguiente empleo. Por eso espero y deseo que nunca se llegue a contar todo esto.

Sin embargo, no fue lo último que hice en esa empresa. Antes visitaría al doctor González. Me presenté diciendo que venía hablar sobre el caso Peláez. Aquel anuncio era el cebo perfecto para que el médico me atendiese. Cuando entré, observé cómo le cambiaba el semblante, y amargamente me dijo

—¿Qué hace usted aquí? Esperaba a Peláez. Me consta además que esta mutua ya no es la suya. Por favor, salga. Ahora tengo que atender a otros pacientes.

—Vamos, no se ponga así. Precisamente venía a que me explicara qué precauciones he de tomar por la salud de Peláez, y... quiero que me hable de sus intenciones con él.

—¿Cómo que mis intenciones? —Su tono delataba que yo había dado en el blanco.

—No es un conejillo de indias, ¿sabe? Si alguien se atreviese a insinuarle pruebas con fármacos...

El médico me interrumpió:

—Él tendría que dar el consentimiento para tal cosa, eso se lo aseguro.

—¿Quiere comprobar la influencia que mi amistad puede tener sobre su consentimiento? Puede que entonces su publicación sobre este caso no salga a la luz. Sería una lástima.

—¿Me quiere decir qué es lo que quiere exactamente? —respondió el médico sin mirarme.

—Que me diga qué le está pasando, qué se puede hacer por él. En definitiva, como persona que voy a tener cercana en mi vida, qué hay que tener en cuenta.

—Parece usted su madre.

Me reí sonoramente por el comentario, e insistí en que me hablara de los detallados informes que ya tendría para publicar. Tras abrir un archivador, buscó hasta encontrar un informe que me resumió mientras lo hojeaba:

—Esto es lo que tenemos: no parece responder a otros tipos de estrés que no sea el laboral, no se asocia a fármacos o drogas, no parece que existan antecedentes familiares. En resumen: no tolera un estrés artificial, de los que llamamos de la vida moderna. Sin secuelas cardíacas de relevancia. No debería entonces preocuparse, a menos que monten una financiera. Según el informe del psicólogo es una persona feliz, alegre, sencilla, con capacidad de fascinarse y creemos que esas virtudes están relacionadas con el caso en sí. ¿Es suficiente?

—Ojala tuviésemos todos esa cualidad —le comenté, reflexionando en voz alta.

—Se vendría el mundo abajo —respondió lacónicamente el médico.

—¿El mundo de quién? ¿El de Antonio Peláez? Creo que no.

El doctor González se quedó serio, callado, vencido, esperando que le diese algún tipo de agradecimiento. Simplemente me despedí con un adiós, y abandoné la sala sin girarme ni esperar respuesta alguna.

El siguiente domingo volví a ver a Peláez en su casa. Tras la comida nos apartamos y le pregunté qué era lo que querían de él los jefes el día de mi despedida. Peláez me respondió, tras reírse un buen rato:

—En realidad me envidian, ¿sabes? Y desde hace años. Me cosieron a preguntas, sabían más de lo que esperaba, sabían sobre mis sueños, se los debió de explicar el médico. Pero como te digo, querían el santo grial, la fórmula de la felicidad, y todo eso estaba representado en mi persona.

Yo no paraba de reír a carcajadas. Peláez prosiguió:

—Me preguntaron cómo con una "mierda de vida" como la mía, eso lo dijo Ortuño, podía disfrutar tanto, podía vérseme tan feliz. No quise responderles, hubiese sido un error.

—¿Cuál hubiese sido tu respuesta? –pregunté impaciente.

—Son gente que en realidad desprecia al mundo. Entonces, si lo desprecias, ¿cómo puedes disfrutar de él? Si se van a las Seychelles o a Cancún, por ejemplo, ¿tú crees que puede apreciar fascinación o ilusión? Sinceramente, creo que han matado esos sentimientos.

Me consideré satisfecho con su respuesta, y apartamos ese tema ya, indefinidamente. Al cabo de unos meses, sumergido en el trabajo en mi nueva empresa, había perdido el contacto con Peláez. Pero un día lo encontré en la calle abriendo la persiana de una tienda de reciclaje de ordenadores. Sabía que dominaba ese tema, y aunque no era informático, se había asociado con un amigo titulado y experto en la materia, igual de raro que él a los ojos de este mundo. Les saludé y Peláez me abrazó lleno de alegría. Cuando me soltó, le pregunté qué pasó con la financiera, a lo que me contestó:

—Obviamente, se fue al garete. Yo lo había previsto y tenía esta idea en mente con Óscar —me dijo señalando a la tienda, donde su socio iba entrando cajas—. Entonces ocurrió el colapso de la empresa porque los jefes cambiaron su mentalidad. Les revelé cómo debían de suceder mis crisis, hasta el punto de desconectar mi sistema nervioso. Acuérdate de nuestra última conversación, les dije lo mismo. Sí, me atreví. Les dije que si querían disfrutar de la vida, debían reconocer qué significaba tal cosa, respetándola. Les dije que debían abandonar su falta de escrúpulos en sus operaciones y en los engaños que conocíamos todos. Por increíble que te parezca, me escucharon. Aquella envidia de la que te hablé se transformó en amistad ante la posibilidad de que yo les abriera un nirvana. Si hubieses visto a Ortuño, se volvió tan suave que Mercedes se casó con él. Y no solo eso, ganaron tanta humanidad que en la financiera no podía gestionar las cosas de la misma manera. En poco tiempo quebró, y fue precisamente por dejar de ser lo que siempre habían sido: unos tiburones.

Sin salir de mi asombro, me despedí de los dos socios, y dije a Peláez que debíamos hacer un esfuerzo por vernos con frecuencia, a pesar de la corriente de trabajo que nos había alejado mutuamente. Él me dijo que por supuesto.

Y me fui con prisa, para volver a ese odioso mundo del cual yo no podía evadirme con un colapso.

FIN

La fiesta del caos

En los antiguos tiempos en los que todo fue otra cosa, antes de que la Tierra fuese la que conocemos, existieron otra humanidad, otra civilización, otros países. Quizás no fuese esta Tierra, sino otra en otra parte del Universo, pero en él, muchas veces estar en otra parte significa estar en otro tiempo. Pero bueno, las cosas iban igual que en esta Tierra, y como notaréis, sus habitantes, al ser iguales que nosotros, humanos, albergaban similares sentimientos y pasiones, aunque los personajes tuvieran diferentes nombres a los conocidos en la Tierra. En concreto, os contaré cierta historia de lo que ocurrió en esa remota Tierra del gran país de las Grandes Regiones Federadas, o GRF, como se conocían internacionalmente entre lo que eran las naciones de esta Tierra. ¿Cómo lo supe? Pues no lo sé. ¿Viajes astrales?, ¿comunicación cuántica con algún par mío?, ¿intercesión extraterrestre? De todas maneras, todo eso son conjeturas, por lo que obviaré cualquier otra disquisición ulterior, y pasaré a explicar la historia cierta.

Este gran país era tan enorme y rico, que lanzabas una jabalina al tuntún y cazabas dos ciervos, por tantos como había. Las ciudades eran bellas, limpias y bien pensadas para que a nadie le faltase de nada. El pueblo que fundó ese país se esforzó en dejarlo todo preparado para sus hijos, y los hijos de los hijos, y cómo no, los hijos de los hijos de sus hijos. Pero a medida que pasaron las generaciones vieron que no había que esforzarse tanto, pues estaba todo funcionando casi por sí solo. Por lo tanto, decidieron ser personas más tranquilas y relajadas. "¿Para qué tanto esfuerzo, para qué trabajar más de lo necesario si hay abundancia?". Fue uno de los mensajes del último presidente más aclamado por todo el pueblo. No solo decía lo que pensaba él, sino que captó el alma de toda la población. Pero no hicieron falta más de veinte años para que la población pasase de ser simplemente tranquila a convertirse en verdaderamente vaga, por lo que al final todo se hacía con desgana y quedaban solemnes chapuzas en las labores, salvando algunas excepciones.

Era igual, no pasaba nada. Siempre había riqueza para todos de sobras, y eran tantos que siempre habría alguien que acabaría bien tu trabajo, siempre quedaban las perfectas obras del pasado que aún perduraban, y siempre se podría escapar uno al campo si las cosas iban muy mal. Se lo podían permitir, tal y como era esa Tierra en la que el campo te regalaba sus frutos con poquito que plantases y por poco esfuerzo que pudieras hacer si uno no resultaba demasiado exigente. La gente ni tan siquiera se planteaba ser intrigante o malvada. ¿Para qué? Ya había de sobras. Pero ser un vago y un descuidado, ¿podría llegar a ser malo? Es posible, pero el pueblo de momento no se lo pensaba dos veces si tenía que elegir entre estar tumbada a la bartola o romperse el espinazo trabajando. Tanto llegó a ser así, que ni siquiera en deporte lograban ganar un solo campeonato aunque fuesen ellos mismos quienes los organizasen. Pensaban que el deporte estaba hecho para jugar y pasárselo bien. ¿Quién quería ganar a los demás países si ya eran felices con todo lo que tenían? Nadie se esforzaba ni un poco más de lo estrictamente necesario. A veces algunos se esforzaban mucho menos de lo necesario, como ya os he contado, esperando que otro acabase el trabajo, o recogiese los deshechos y la basura que habían dejado los demás. Con el tiempo eso lo irían haciendo extranjeros de países en los que la costumbre del trabajo no se había olvidado.

Siguieron pasando los años y empezó a sucederse una serie de graves accidentes a causa de la gandulería de toda aquella gente. El que era presidente en aquellos momentos, Iun Rigenius, empezó a preocuparse. Este mandatario era una persona peculiar y diferente del típico granregionense, por haber pasado gran parte de su infancia en el lejano país de Anglimar, donde la enseñanza era dura. Como ese país se tenía que defender continuamente por sus mares, entrenaban a casi todo el mundo desde muy pequeño en el duro oficio de ser marinero. Por eso, el presidente de GRF había aprendido este oficio, y desde niño había endurecido su alma preparándola para el futuro. Al volver a su país a la edad de catorce años ya era un marinero que acostumbraba a solucionar las cosas de raíz. Por esa forma de ser, cuando empezó su mandato y observó lo que le ocurría a su país, se vio en la necesidad de cambiar todo aquello. Un buen día se reunió con sus más fieles seguidores para perfilar el plan de acción. Al día siguiente se comenzaron a dar órdenes, a reunir ministros y a tocar zafarrancho como si estuviese en un barco a punto de naufragar en una tormenta. Se reunieron ministros y parlamentarios, se organizaron sesiones de trabajo abarrotadas de documentos, se hizo trabajar a funcionarios y bedeles hasta sudar a mares, y llegaron a verse obligados a contratar personal extra por tanto como se habían acostumbrado a no hacer prácticamente nada.

Finalmente, los ministros y el presidente decidieron, por iniciativa del máximo mandatario, infligir un correctivo al pueblo sin que este se percatase. Para ese fin instaurarían en el país algo que dieron en llamar "la fiesta del caos". El presidente y sus ministros más allegados se frotaban las manos al pensar en el escarmiento que recibiría la gente. Pero obviamente no lo presentarían a la población como tal cosa, sino como algo divertido.

Así, en un impactante discurso, el presidente anunció que durante los días 3, 4 y 5 de julio (porque hay que recordar que esta Tierra no era más que una repetición o variación cósmica de la misma Tierra que la nuestra), se celebraría la fiesta del caos. Esa fiesta consistiría en tres días de descontrol total durante los cuales la población no solo podría, sino que debería hacer todo de forma absurda para distensión y divertimento propio.

Esto de entrada parecía tan divertido como cualquiera de las fiestas patronales de cada ciudad, pero a escala nacional y a lo bestia. Las efusiones y los vítores se oían por todo el país. Esa reacción eufórica es lo más normal cuando la gente tiene ganas de simplemente sentirse viva, pero al mismo tiempo se empieza a hartar de ser simplemente ociosa, vaga, haragana, perezosa o cualquier otro grado de inacción. Pero anticipémonos comentando que, de hecho, cierta juerga a veces se puede llegar a pagar muy cara.

Al acabar el discurso se anunciaron unas votaciones, un referéndum, para saber si el pueblo quería estas fiestas. Era muy fácil de convocar y ganar, era como preguntarle a un niño si quería golosinas, y más aún si le presentabas las golosinas una y otra vez como lo mejor del mundo. Eso era lo que se encargaban de hacer los periódicos, las radios y los anuncios, hablar bien continuamente del caramelito que iba a ser la fiesta del caos. El resultado de la votación, naturalmente, fue positivo para la celebración de la fiesta. Esto no solo significaba la aprobación de todos y la firma de buen grado de lo que de una manera sutilmente encubierta sería en realidad el escarmiento del presidente a su consentida ciudadanía, sino que además involucraría a todos.

Gracias a los buenos resultados de la consulta, se empezó a poner en marcha toda la maquinaria del gobierno: se distribuyeron bandos, documentación y consejos, y se creó un cuerpo de voluntarios para ayudar en el evento, la mayoría de ellos jóvenes. En cada barrio había un grupo que coordinaba lo que se iba a hacer, así cuando llegase el día de inicio todo el mundo estaría preparado. Lo más importante de ese día era que se debía tomar como una obligación estatal, y se impondrían multas a quienes no quisiesen participar. Dentro del sinsentido de ese día, una obligación (absurda) encomendada al ejército fue que en vez de guardar las fronteras, se dedicaría a vigilar que se cumpliese la fiesta. Por supuesto, lo harían de manera absurda, armados con palos de caramelo.

En aquellos tres días se desplegó un derroche de imaginación para hacer todo al revés. En algunas ciudades la gente andaba con el culo, sin importar lo lenta que fuese o si lo hacían botando para ir más rápido. Aquellos ciudadanos que no pudiesen deambular con sus posaderas por causas físicas eran ayudados a caminar hacia atrás por ayudantes que caminaban a la pata coja. En las zonas rurales también había de todo. Por ejemplo, unos se dedicaban a imitar en grupo a las focas, otros a llevar la ropa interior por fuera mientras hablaban a grito pelado. Lo peligroso fue cuando unos lugareños se enteraron de que los vecinos a los que les envidiaban las tierras decidieron ser ovejas, por lo que los primeros decidieron ser lobos, con lo cual los mordiscos estaban asegurados.

Lo más serio vino con los servicios de emergencia, cuando, por ejemplo, algunos cuerpos de bomberos decidieron apagar los incendios a escupitajos u orinando. Una muestra de lo que podría ocurrir, y ocurrió, fue el incendio de una fábrica de fuegos artificiales. Con sus absurdos métodos, los bomberos no pudieron apagar el incendio de esa fábrica. Además, ese incendio había sido provocado por las ocurrencias que abundaban en ese día, pues a los empleados de esa fábrica se les ocurrió hacer las faenas de casa en la fábrica y uno de ellos provocó un incendio porque estaba planchando.

El país en general sufrió varios incidentes de este tipo, pero realmente hubo suerte de que no fueran más.

¿Qué más podía ocurrir? ¿Hasta dónde podía llegar el ciudadano medio con ganas de desmelenarse tras siglos de apatía? La imaginación podía demostrar cuán poderosa es: había médicos que se dedicaban únicamente a insultar a sus pacientes, o en algunos sitios a darles caramelos o cajas vacías como receta para el tratamiento prescrito. De entrada todos se reían mucho, sobre todo los médicos. Pero a los pacientes con dolores aquello ya no les hacía tanta gracia al cabo de unas horas de desatención. Por suerte, la mayoría de enfermeros y enfermeras, que eran los que lograban normalmente sacar a los pacientes de los aprietos, decidió hacer solamente un absurdo leve, y se limitó a imitar a la sirena de sus ambulancias por llevarlas apagadas, a hablar solo con tacos, o a ir totalmente desnudos, cumpliendo en todo lo demás de manera rigurosa con los enfermos, si es que éstos últimos no habían decidido hacer el absurdo, como algunos que decidieron utilizar el hospital como polideportivo de invierno.

Uno de esos enfermeros que trabajaba en la capital del país, llamado Ediz Nimulesh, estaba totalmente en contra de estos alocados días, por lo que optó por comportarse normalmente y arriesgarse a que le pusieran una multa, o a que le hiciesen comer un palo de caramelo entero de los que llevaban los soldados del ejército, que como ya se ha comentado, era más absurdo de lo que de costumbre suele serlo. Así, iba en la ambulancia intentando atender a un anciano lo mejor que podía mientras sus compañeros no le ayudaban lo más mínimo, porque tenían que gritar para imitar la sirena. El anciano había sufrido un infarto porque sus nietos decidieron vestirse aquel absurdo día con la ropa ensangrentada, con la sangre de vete a saber qué. Cuando tuvo al paciente estabilizado, gritó a sus compañeros:

—Pero, ¿queréis parar de hacer el burro? Encended la sirena y dejad que me concentre, que con las tonterías que hacéis no me ha ayudado nadie.

A lo que respondió lacónicamente su compañero conductor:

—Sabes que no podemos, pero es que no es solo por esta fiesta que aullamos. Es principalmente porque los del taller han tocado la sirena, pues lo tenían pensado como broma de caos para hoy. Así que imagínate, no podemos hacer otra cosa que gritar así para dar alguna que otra señal de emergencia.

Ediz dio un respingo y añadió atónito:

—¿Qué? Pero, ¿qué me estás diciendo?

—Lo que oyes. Los mecánicos también han querido participar en la fiesta, estén o no presentes. Y no te quejes, que aparte de la sirena solo han tocado temas del limpiaparabrisas o algunos extras no muy importantes. Imagínate que no hubiésemos arrancado la ambulancia.

—¡Venga! ¿Y qué más? —terció incrédulo Ediz.

—Piensa que es lo que han hecho algunos, eso mismo. Dejarles el coche clavado a sus clientes de toda la vida, como celebración del caos de estos días. O sea, que somos afortunados —explicó su compañero conductor, el veterano Sonmet Petulkats, al enfermero.

—¿Por qué? ¿Por qué la gente se comporta así? ¿Es que no les bastaba con ser tranquilos, o si cabe, abúlicos?

A lo que Sonmet contestó:

—Pues se piensa que... eso lo leí en una revista de psicología... que hay un hastío cada vez más grande por tanta estabilidad, y por las escasas oportunidades de hacer nada diferente. Estamos aburridos, amigo Ediz, y cada vez que nos proponen algo diferente, decimos que sí, sin reflexionarlo.

Tras malhumorarse con la situación, con razón pero en vano, Ediz prosiguió el día de emergencia en emergencia. Sentía que esto no podía ser así, y que debería hablar con alguien. Pero eso le llevaría mucho tiempo aún. Las quejas al gobierno eran atendidas muy despacio, y después de rellenar innumerables papeles. Pero él tenía la posibilidad de recurrir a un tío suyo que era parlamentario. Sería el momento de avisarle. Nunca había pedido nada para él, y al fin y al cabo esto sería para la gente.

Mientras, el caos seguía hasta que concluyesen esos tres días, presentando un panorama patético: trenes llegando a sus destinos a paso de tortuga y a la hora que les daba la gana; parlamentarios poniéndose petardos en los asientos entre unos y otros; jueces dejando escapar a criminales y estafadores, que no obstante estos se anduvieron con mucho ojo de hacer ninguna fechoría porque en aquellos días también corrían los sacerdotes con escopeta que disparaban a quienes les contradijesen mucho. Esos eran unos pocos de los ejemplos de la imaginación empleada en dejarse llevar por la locura y el desahogo.

Al cabo de esos dos días tan divertidos el país estaba patas arriba, y se debía reparar todo lo estropeado. Alguna gente decía que se lo había pasado fenomenal, intentando enmascarar la angustia que les hizo pasar algún ascensorista empeñado en su absurdo, o algún conductor de autobús con sus quiebros caóticos y peligrosos. En realidad, por dentro, muchos ciudadanos y ciudadanas resumían sus sentimientos pensando "¡nunca más!". El objetivo del presidente se había cumplido parcialmente. A partir de entonces los escarmentados se harían más cautos y más afanados en no salirse de unos deberes y unas formas. Eso, pero a gran escala, en todo el pueblo de GRF, era lo que querían lograr el presidente y su equipo: convertir en pocos años a su abúlico pueblo en uno recto y disciplinado, sin que, no obstante, se dieran cuenta de que al mismo tiempo estaban consiguiendo que resultara paranoico, triste y depresivo.

Pero para reafirmar el deseado resultado de orden y autodisciplina precisamente aseguraron, y empezaron a preparar con mucha antelación, la fiesta del siguiente año, que se instituiría para los venideros indefinidamente si era posible. La gran mayoría, sin darse cuenta, había cedido al deseo del presidente. Con la experiencia y el recuerdo de esos dos días convertidos en una pesadilla, el señor Rigenius había conseguido escarmentar a la población que elegía la laxitud antes que la acción, la inacción al trabajo, y anteponía la diversión al deber. El presidente esperaba así que a la larga toda la población al final aborreciese esa fiesta para convertirse en laboriosa y proactiva.

Por otra parte, las aseguradoras hacían negocio, las constructoras hacían negocio, las ferreterías, los fabricantes de escayola, de vendas, de escobas y fregonas, y hasta las funerarias incrementaban sus ingresos. "Una renovación necesaria para la marcha del país", llegó a decir con todo descaro el presidente Iun Rigenius en un discurso tras la celebración de los tres días de la fiesta del caos, en el que no hizo más que elogiar los resultados. Eran razones para que quienes hacían negocios con el caos lo viesen con muy buenos ojos, y acabaran por dar el empuje y apoyo a ese presidente tan gamberro.

Aunque lo que dijo fuese un discurso de lo más pasmoso por su descarado cinismo, aquel presidente marinero tenía razón: el país mejoró económicamente y en otros muchos sentidos. Paradójicamente, hasta su ejército se hizo más potente, dado que en realidad se entrenaba a los soldados para contener masas humanas solo armados con palos de caramelo. Eso los había hecho muy hábiles en lucha cuerpo a cuerpo y en las artes marciales en general, además de que su puntería había mejorado por el uso de tirachinas, que requería acertar sin accesorios ni sistemas automáticos. El objetivo del presidente se había cumplido: había salvado el país de la molicie, escarmentando al mismo tiempo a toda la población con su propia locura. Ese era el fondo de la cuestión.

Al cabo de varios años esa fiesta se convirtió en una tradición más allá incluso del mandato del presidente Iun Rigenius. La fiesta había sido incluso bendecida por los clérigos oficiales, por tratarse de una tríada (número santo) de días perfectos para ejemplificar a las gentes a través de sus propios excesos y errores. ¿A qué tipo de infierno se podían exponer si se daban al pecado del libertinaje? Todo iba estupendo para los que querían el poder. Pero, ¿y la gente? La gente, al cabo de unos pocos años, se arrepentía de haber apoyado esa celebración, y pasó de ser el pueblo más distendido del planeta a, poco a poco, hacerse el más cuidadoso, obsesivo, previsor y perfeccionista que pudiera encontrarse. Olvidad el modelo de sociedad de los suizos o los japoneses en nuestra Tierra: este pueblo los superaba, llegando a hacer cosas inimaginables para prevenir todo daño, para que todo funcionase a la perfección, y para que las repercusiones del período de la fiesta del caos fuesen las mínimas posibles. No querían repetir todo el tiempo de reconstrucción que hizo falta para volver a la normalidad el primer año.

Por eso, al vivir ahora de esta manera, intentando prever todo, e intentando amortiguar cualquier daño del tipo que fuera, para la ciudadanía todo empezó a ser amargura. Ya no se vivía distendidamente, y ahora todo el mundo se movía por horarios cuadriculados al minuto. Era tal obsesión por lo perfecto, y tal la angustia anticipada por el fracaso con la que se acometía cualquier trabajo, que aquello dejó de ser vida. Los niños no salían a los parques por miedo a ensuciarse, la gente se recogía en sus casas en seguida, y no había vida nocturna para no consumir energía eléctrica innecesariamente, y a la vez evitar emborracharse, aunque el verdadero motivo era evitar cualquier situación o evento que se pudiera parecer a la fiesta del caos. Muchos llevaban el trauma de esa celebración grabado a fuego un su recuerdo, por la angustia de algún momento, por el accidente que quebró sus huesos, o incluso por la pérdida de alguien. Aunque las víctimas no eran excesivas, siempre se producían algunas, y a veces quedaban desatendidas, debido al caos obviamente, lo cual era mucho más impactante que mil muertes por cáncer de pulmón causadas por el tabaco. Finalmente, a causa del trauma, y por evitar el caos al máximo, el resto del año todo se convertía en un tedio de orden y perfección.

En esta nueva situación de contención y paranoia empezó a darse una serie de muertes espontáneas en racimo. Una especie de depresión masiva invadía todo el país, y la gente se volvía arisca y perdía su amabilidad. Muchos ciudadanos fallecían de pura pena, pero nadie quería verlo. Los niños crecían en un ambiente gris, y la abundancia del país sabía a amargura a sus habitantes. Los estudios de grandes universidades y hospitales de prestigio lo tenían muy claro, estos eran efectos directos de la nostalgia por la vida regalada, y no del efecto del mismo día del caos, ni en absoluto de la vida triste y aburrida que llevaban. Es más, recomendaban como terapia llevar una vida si cabe más ordenada aún, y unas costumbres más deseables para una sociedad tranquila, respetando la fiesta del caos como escape necesario. Cuando las mentiras se cubren de diplomas y son apoyadas por gente notable, estas son a veces muy difíciles de desenmascarar.

Pasaron los mandatos de un presidente más después del gran presidente Iun Rigenius, y al final apareció un humanista como candidato victorioso en las elecciones, en parte elegido porque la gente estaba bastante harta. Pero además, se daba la circunstancia de que este presidente había decidido ser candidato porque cierto sobrino suyo enfermero, de nombre Ediz, le había convencido y animado a que hiciese todo lo posible para ser candidato y dar un viraje a la política de escarmiento mediante el día del caos. Es triste que los cambios de una sociedad tengan que pasar por una sola persona, a pesar de que esa sociedad ya sepa qué es lo que necesita. Pero así funciona el juego democrático, o en todo caso el juego de la historia. Los seres humanos que habitamos dentro y fuera de esta historia nos preguntaremos siempre cuándo diablos se jugará a nuestro juego, y sin embargo nos resignamos entregando nuestras esperanzas a la democracia, tal como nos la sirven y no como es en realidad. ¡Qué remedio!

Este nuevo presidente estaba muy sensibilizado desde hacía mucho tiempo sobre el despropósito de la fiesta del caos gracias a los informes y experiencias de su sobrino, y sabía por su humanismo que debía pararse. Eso de entrada. Pero como buen político, sabía que no podía acometer revoluciones ni cambios bruscos que siempre molestan a alguien, y debía estar a bien con todos, hasta con su querido sobrino, el que le había dado la excusa para iniciar su trayectoria hacia la presidencia del país más rico de la Tierra. Tras estudiar, pensar y sopesar con sus ministros, ayudado por complacientes y copiosos almuerzos de presidente bonachón, llegó a la conclusión de que el tiempo de la fiesta del desorden debía repartirse a lo largo del año, o que fuese un solo día durante el mismo período, y que además fuese festivo siempre, lo que representaba un cambio respecto a los edictos de la administración Rigenius, que había estipulado que debía ser en días laborales.

Como en un regateo de mezquinos comerciantes, el presidente negoció con asociaciones de fabricantes, empresas de seguridad, constructores de casas y otros gremios que se beneficiaban grandemente tanto de esta cuadriculada forma de vivir como con el estallido anual de la fiesta del caos. Y al final, el presidente llegó a ceder ante las compañías procaóticas a dejarlo en dos días de desorden total durante el año. Eso sí, siendo festivo uno de ellos.

Cuando su sobrino lo supo, se puso de tan mal humor que casi perdió la razón, y se encaminó a ver a su tío. Sin pensárselo dos veces, sin llamar a nadie, y sin ningún tipo de protocolo se dirigió al Palacio del Gobierno. Nada más llegar discutió vehementemente con los guardias, y eran tan altos y agudos los gritos que profería, que su tío le oyó inevitablemente, cuando Ediz ya estaba metido en serios problemas, después de empujar al primer guardia y hacer un quiebro a otro que le quería atrapar. Se veía corriendo al enfermero como un desesperado por el palacio mientras gritaba:

—¡Quiero ver a mi tío, el presidente!

Nadie sabía de entre los guardias que era el sobrino, y por lo que decía, lo tomaban por loco. Lo perseguía a una docena de guardias muy enfadados, y no sacaban las armas porque no siendo más que un alborotador desarmado, debían cumplir estrictamente el código, aunque a más de uno se le iba el ademán de desenfundar su pistola y usarla en su contra.

El presidente Bodrou ya había salido de su despacho para localizar el tumulto y dar con su sobrino, al que ya había reconocido en las voces. Tras corretear lo que su cuerpo rollizo y su barrigón le permitían, pudo doblar un par de esquinas hasta el gran pasillo de recepciones. Allí contempló aterrado cómo la guardia presidencial estaba a punto de echarle el guante a su sobrino como si de un vulgar delincuente se tratase, mientras el enfermero, lleno de una rabia justificada, corría desesperadamente desmadejando violentamente su melena rubia y desfigurando su rostro de tal manera, que su tío por un segundo llegó a pensar que en efecto se trataba de un deleznable delincuente o terrorista. No obstante el mandatario logró templarse y no dejarse llevar por las apariencias, por lo que se dirigió a su guardia alzando la voz por encima del tumulto con un ademán tranquilizador a la vez que firme:

—¡Alto! ¡Es mi sobrino! ¡Les ordeno que cesen esta persecución!

El tropel de policías se paró con cierta inercia que hizo caer a los primeros agentes tras dar un último salto para intentar agarrar al intruso, mientras el resto tropezaba con los caídos, originando un aparatoso y cómico accidente. Ediz se giró tras dar un paso más y comprobar que así se cumplía la orden, mientras su tío se aproximaba intentando dar pasos firmes a la vez que tambaleantes.

—Por favor, vuelvan a sus puestos, yo respondo de él.

Los guardas se compusieron trajes arrugados y gorras mal puestas tras la persecución, mientras el presidente se limpiaba las gafas empañadas por el esfuerzo que acababa de hacer, y se dirigía a su sobrino para reprenderle:

—Nunca más vuelvas a hacer esto. No son maneras.

Pero su sobrino enfermero no era ningún chiquillo que se amedrentase con regañinas, y le respondió altivo:

—Son peores maneras faltar a la palabra dada, y más aún a tu pueblo. —Se paró para tomar un poco de aire y concluyó sentencioso—. Sabes de qué estamos hablando.

El tío le miró con expresión grave, y tras acabar de arreglarse le indicó que le siguiera. Fueron a su despacho y allí, sentados y más relajados, hablaron. Más bien, el presidente leyó la cartilla a su sobrino con dulzura:

—Pensaba que tendrías una noción más clara de las cosas, más realista, mi querido sobrino. Yo no he faltado a tu palabra, porque tu propuesta y tu idea ha sido mi baza de negociación. Pero debes saber que gobernar es una continua negociación y un regateo. No se trata de cumplir con la mayoría solamente, sino con quienes dan el trabajo, con los notables, los que procuran leyes, con los que poseen, etcétera, etcétera.

Entonces el sobrino respondió:

—Cuyo único mérito ha sido vivir a costa del trabajo de los demás. Depender de que alguien por debajo de ellos trabaje para ellos. Eso es lo que vivimos tío, ya te lo he dicho un montón de veces. —Se tomó una pausa, para mirar a su tío—. Es verdad, he cometido un error viniendo aquí. Pensaba que me encontraría un ser humano, y resulta que tengo delante de mí una máquina de calcular de tendero.

Ediz se volvió, y se fue sin dirigir una palabra más a su tío. Este se quedó muy enojado, al tiempo que pensativo, y antes de que su sobrino desapareciera de su vista, para quedarse con la última palabra, en un intento de resarcirse de su herida moral, le voceó desde lejos:

—¡Eres injusto, Ediz!

Pero sabía que el injusto era él. Porque sabía que un negociador en política principalmente puede negociar porque su sentido de justicia es elástico, y cede lo que tenga que ceder para conseguir algo a cambio, es parte de su oficio. Lo que había conseguido a cambio de negociar era la esperanza del pueblo por la próxima negociación, los deseos del pueblo por tener una vida mejor, en la que realmente pudieran decidir por sí mismos. Pero, ¿hasta cuándo? ¿A quién le gusta que negocien con sus necesidades, con su pan, con su tranquilidad? Eso era injusto, por supuesto, y el presidente, que en realidad era un filósofo consumado, sabía, tras razonar como él sabía, que el injusto era en efecto él mismo, y la estructura de esa sociedad.

El primer año de cambio de la fiesta del caos fue bien aceptado al ubicarse en un día festivo. Ese día de descanso que estaría dedicado al desenfreno la gente optó por no hacer nada, ni salir a la calle, ni asomarse a las ventanas, en parte gracias a que las penas por no participar se habían suavizado muchísimo. Al final, los poquitos que querían seguir celebrando esa locura se quedaron solos en las calles haciendo sus tonterías. Al cabo de unos años todo el mundo se reía de ellos, de aquellos que iban desnudos con la cara de payaso, de los que iban disfrazados de pajarraco y picoteaban en el suelo, o de los que tras mucho trabajo habían conseguido que las ruedas de sus coches fueran cuadradas. Hasta los niños, que hacía tiempo estaban muy calladitos, se reían desde las ventanas de esos tontos que se tomaban las tonterías tan en serio.

Para la siguiente jornada de la fiesta del caos se había formado un grupo de ciudadanos que la rechazaban y se dedicaban a hacer las cosas como es debido ese día. Descubrieron que el ejército no podía ser tan ágil como para estar en todas partes, ni se iban a entretener en ver si un señor hacía las cosas bien en su taller. La continuidad de la fiesta del caos era tan absurda como la propia fiesta en sí. Al mismo tiempo, surgía una organización popular llamada Grupo de Ciudadanos para el Orden y la Libertad, que fue fundado con la colaboración de un enfermero, conocido ya por todos, y que solía aparecer allí siempre que hiciera falta. Su nombre volvía a ser Ediz.

Por la presión de este y otros grupos, la fiesta cada vez era más rechazada. Aparecieron los grupos de Padres Responsables, que querían que sus hijos no corrieran peligros innecesarios esos días para que no tuviesen tanto miedo el resto del año por los riesgos asumibles; la Asociación de Ancianos del país, que ya no podían más con tanto ajetreo; el gremio de jardineros, contrario a la fiesta porque todo su trabajo de un año muy a menudo se perdía en un solo día; y las asociaciones de enfermos de varias enfermedades, que rechazaban esos días porque muchos de ellos lo pasaban muy mal ese día porque les dejaban de atender. El presidente volvió a negociar, pero esta vez negociaría para no perder las elecciones. Lo más mortificante para él era el hecho de que la persona con quien debería negociar era el portavoz del pueblo, Ediz Nigulesh Bouran, su sobrino. Al final consiguieron los ciudadanos que la fiesta del caos durase un solo día, y que fuese además en fin de semana, por lo que se fue convirtiendo al cabo del tiempo en la fiesta de unos pocos, pues como ya os he dicho, la mayoría de la gente se encerraba en su casa.

El año posterior a esa decisión del gobierno de dejarlo en un solo día, dos hombres enemistados se volvían a encontrar en una comida familiar: el expresidente Bouran y su sobrino Ediz Negulesh. Los dos estaban dispuestos a recuperar su aprecio de tío y sobrino, porque para Ediz su tío había sido una persona a la que siempre solía acudir. Hablaban mientras paseaban bajo un porche arcado de casa de la madre de Ediz sobre temas de familia, al tiempo que comían de pie el helado de postre de la comida: cómo te va con tu novia, qué das de comer al gato, cómo está la abuela... hasta que Ediz sacó el tema de la fiesta.

—Al final todo ha salido bien.

El expresidente se subía la montura de sus gafitas con movimientos torpes, mientras le tambaleaba el platillo con el helado por el nerviosismo, consciente de que Ediz le hablaba de la fiesta del caos. En su cara se plasmaba un sentimiento de culpabilidad y de excusa al mismo tiempo.

—Sí, por suerte, pero más por vuestro empeño. Aunque sabes de sobras que eso me lo encontré muy consolidado, no podía quitármelo de un plumazo.

El enfermero se puso serio, bajó la mirada hacia su helado y lo partió con la cuchara, mientras gruñía a su tío:

—Ya, ya, el juego político, o el de la democracia, o cómo quieras llamarlo.

Su tío acabó rápido el trozo helado que tenía en la boca para responderle:

—Es el mismo que acabas de jugar tú con tu grupo de ciudadanos.

El enfermero levantó la mirada rápidamente, y contuvo una respuesta subida de tono, consciente de que estaba en casa de su madre para su cumpleaños. Pero, precisamente por callarse, dejó que su tío prosiguiese con el tema. El expresidente había imaginado erróneamente que su sobrino albergaba como objetivo final de todo este embrollo unas intenciones arribistas, por lo que de manera sutil quería aprovechar la oportunidad de desenmascararlo. En un tono burlón e irónico le preguntó:

—Y dime, sobrino, ¿cuáles van a ser tus siguientes pasos?

Ediz mantuvo su calma, queriendo evitar enfrentamientos gratuitos, y le respondió secamente, pero sin alterarse, como si respondiese sin percatarse de la velada intención en esa pregunta:

—Seguir con mi trabajo de enfermero... me gusta —comentó el sanitario, tras lo que inmediatamente reaccionó para dar una respuesta más contundente—. Y a diferencia de otros, cumplir mi palabra y mi compromiso.

Con una amable sonrisa a la vez llena de ironía, se dirigió a su tío, y dio media vuelta para caminar hacia su madre, que pasaba en ese momento detrás de ellos dos, y felicitarla por el postre tan bueno que saboreaban. El expresidente Bouran quedó moralmente muy maltrecho, porque nuevamente se encontraba con que había herido a su propio sobrino, y por eso mismo él ahora sentía un gran dolor emocional.

Pasó el tiempo, el mandato del expresidente Bouran, que cedió otro poco más, como era de costumbre en él, entre otras cosas porque la oposición ciudadana siguió a lo largo de los años. El siguiente presidente tuvo que conceder particiones de la fiesta de forma ordenada y pactada con todas las partes. Al final aquello ya no tenía demasiado sentido: el caos se distribuía a lo largo de todo el año en doce días con dos horas de fiesta cada uno. La cosa se fue diluyendo.

Sin embargo, entonces, en esos breves períodos, a la gente sí que le parecía bien manifestar por poco tiempo una expresión de caos. Sobre todo cuando fue asumida como una o dos horas de descanso y tiempo libre en medio de una jornada laboral. Era muy sano parar algún día para hacer algo absurdo, que no podía ser demasiada cosa, dado el tiempo limitado. Era un tiempo para reírse de uno mismo, o de la sociedad.

Al final, la gente del país dispuso del caos distribuido en muchos pequeños tiempos, lo que le hacía muy feliz, porque ese tiempo le permitía hacer chistes y bromas sin que nadie se pasara de la raya, ya que no daba tiempo a nada más. De nuevo se recuperó la jovialidad, y con ello las ganas de trabajar y de sacar los niños a la calle y a las excursiones en el campo, aún a riesgo de ensuciarse o incluso de resfriarse si se quedaban empapados. Pero nadie olvidó que las cosas se debían hacer bien para evitar el caos innecesario y la infelicidad de la gente.

Sí, en verdad, tras años y años de historia la población de este país había aprendido una gran lección: que la vida más bella es aquella en la que se tiene en cuenta el caos, en la que se tolera un pequeño grado de disparate con el que poder reírse, distribuido a lo largo de la vida de uno, pero al mismo tiempo trabajar para querer lo mejor.

Quizás sea por eso por lo que incluso hoy en día, las sociedades excesivamente ordenadas buscan un poco de desenfreno que les permita seguir viviendo con alegría, mientras que a las que lo ofrecen, hartas de significar eso, les gustaría ser otra cosa más ordenada y coherente, ya que son perfectamente capaces de llegar a ser así.

FIN